新加坡蜥蜴

[新加坡] 孙 宽 ◎ 著

The Singapore Lizard

☰ 中国华侨出版社

·北京·

图书在版编目（CIP）数据

新加坡蜥蜴 /（新加坡）孙宽著.—北京：中国华侨出版社，2024.5（2025.1重印）

ISBN 978-7-5113-9174-2

Ⅰ. ①新… Ⅱ. ①孙… Ⅲ. ①中篇小说—小说集—新加坡—现代②短篇小说—小说集—新加坡—现代 Ⅳ. ①I339.45

中国国家版本馆CIP数据核字（2023）第242117号

新加坡蜥蜴

著　　者：孙　宽

出 版 人：杨伯勋

特邀策划：北京写字客

责任编辑：肖贵平

封面绘图：孙　宽

封面设计：瞬美文化

版式设计：浪波湾图文工作室

经　　销：新华书店

开　　本：880毫米×1230毫米　1/32开　印张：7　字数：151千字

印　　刷：河北朗祥印刷有限公司

版　　次：2024年5月第1版

印　　次：2025年1月第2次印刷

书　　号：ISBN 978-7-5113-9174-2

定　　价：49.80元

中国华侨出版社　　北京市朝阳区西坝河东里77号楼底商5号　　邮编：100028

发行部：（010）64443051　传　真：（010）64439708

如发现印装质量问题，影响阅读，请与印刷厂联系调换。

序一
人性中的"漂移"

　　读完孙宽的《新加坡蜥蜴》，我已难分她是诗人还是小说家，她比单一的诗人或小说家都做得更多。面对人性这个难题，她不只有小说家的企图，即努力使故事扛起讲述的重任，她也有诗人赐予的秘籍——了然使作品心灵化的机制。所以，她的小说就产生了悖论式的效果，在追逐日常俗事的历程中，却消除了故事的世俗意义，令它们披上了心灵化的色彩，让我有一丝读德国小说的恍惚。

　　这几篇小说里的主人翁，"我"、"她"、贾韵茹、苏娅等，暗藏在她们身躯里的心灵，都可以看成作者自我的不同版本，她们共有一种"漂移"的人性，都出自悖论式的心理。"漂移"是说，人物无法遏制其感受和行为，会自动漂离既定的想法或目标。比如，《之间》中的贾韵茹，深怀对母亲的爱，乍看她的行为都围绕母亲之爱展开，哪怕这爱已损害她与丈夫的夫妻生活，她仍无悔意，仍一往情深地伺候病中的母亲。此中的坚定，赋予贾韵茹古典道义的形象，母亲弥留之际想抓她手的那一刻，她却本能地撒开了母亲的手，不经意泄露出她已经"漂移"的内心。这说明，母亲的反复无常，老人味，褥疮的臭味，她因疲劳失去"性"趣，等等，它们凑在一起，终究会腐蚀爱的铜墙铁壁，终究会部分应验"久病床前无孝子"的老话，这就是人性中固有的"漂移"困境，似乎是人无法克服的。《秦时月》则提供了"漂移"的另一版本，曾经让"我"爱得痛苦的赵恩远，十几年后再见时，"我"的爱早已"漂移"。究其原因，对那痛苦之爱的"漂移"，来自十几年的生活历程，"我"早已觉察到自己或他人身上的"虚假"。

说来也怪，《戒指》中的"我"，为了对抗自己或他人身上的"虚假"，会陷入自我激励的情境中，疯狂追逐"黄钻"的纯正，将它视为爱之纯正的象征，以确认恋人心里已无杂念。到头来发现，终于到手的黄钻，极有可能是黄玻璃，两人的爱中，其实也免不了"虚假"，这也是必要的润滑剂。《早晨六点一刻》中的"她"，与《戒指》中的"我"一样，都会让内心从爱"漂移"到"器物"上。此篇的"器物"，是"小钢盔"身上的肌肉。这器物让"她"有了眩晕、窒息的感觉，等"她"与"小钢盔"有了"一夜情"，"她"的心又"漂移"回客观世界，甚至觉出"小钢盔"的滑稽可爱。

只有《荒城》可以看作对这类"漂移"之心的救赎。习惯于从爱"漂移"走的威廉，遇到与他一样易"漂移"的苏娅，却因为双双罹患疾病，生命垂危，两人都紧紧抓住爱的衣角不放，生怕自己"漂移"而去。说一千，道一万，爱是钟摆的终点，"漂移"过远，人又会惊恐不安。孙宽以她诗人的敏感，揭示了人的"漂移"困境，甚至并不仰赖故事，而是让内心担起讲述的功能，以戏剧式的场景拼接，产生时间流逝的整体感。孙宽善于讲述人性中变与不变的博弈，我以为，不能无视她易于忧郁带来的贡献，正是她对自我的长期审视，令她的人物步入了现代人的内心迷宫，成就了新加坡华语文学中少见的心灵小说。

黄　梵

2022 年 11 月 21 日写于南京江宁

序二
冰火两极说爱情

一、《新加坡蜥蜴》收录了孙宽的9篇短篇小说

《早晨六点一刻》说的是"她"总是在早晨六点一刻上健身房时遇到他！她是个寂寞孤单得有点近乎病态，需要以健身来减压的现代女子，对周遭的烟味、噪声、不干净的浴巾充满厌恶感。但对于那位总是在六点一刻出现的戴小钢盔的男人充满期待与遐想。从起初的胡思乱想到接触、谈话、一起健身，情与欲暗流汹涌……终于，"他把她推向山巅，再将她坠入谷底"，完成了一次身心灵的疗愈。

小说的关键词是时间，为何总是"六点一刻"？为何他偏偏选在六点一刻出现？小说的时间为何安排在那段特殊时期？从禁制、释放、囚困到自由，她的生活世界，看似实，其实虚。读到最后，乍然觉醒，他（六点一刻）莫非只是她幻想中的时间之灵？给予"她"一次彻底的自我疗愈？

《新加坡蜥蜴》讲述已经嫁给"蓝眼睛男人"的我，重遇少

年时曾经浪漫幻想的俊美男孩，便像"传说中的四只眼睛的蜥蜴，有两只眼睛隐形，需要感受特殊光源的刺激，才能睁开"。于是，彼此产生了"从未幻想过的相吸力""从未经历过的感光功能产生了奇妙作用"。

我，是因为婚姻低潮与挫败感，还是因为降伏了动物性的进化？难道我们只不过是如蜥蜴般的爬行动物吗？一切的吵闹、妥协、拉锯、冷战，到了最后，依然是老掉牙的低频率的生活、繁殖、些许浪漫，这样的度日，犹如蜥蜴般地生存下去。

《戒指》却风格一变，轻轻松松写婚姻、写爱情、写追求，笔调难得幽默，读之莞尔。小说叙述热恋中的杰克突然跟"我"求婚，但当日没准备戒指，此后闹掰分手，再次求婚，定制戒指，过程犹如一场信心考验。一番折腾，那枚"永恒的戒指"，终于戴在"我"的手上！本篇以玻璃、钻石隐喻婚姻，买婚戒的过程冗长、一波三折，显示婚姻庄严仪式感的熬炼。最后的点题："婚姻是钻石，还是玻璃？全看你怎么选择！全看你怎么看待！"

《秦时月》同样是发生在一段特殊时期的故事。"我"邂逅了多年不见的初恋情人，发觉彼此之间的裂缝与差距，追忆难回昔日的感觉。然而，情节发展下去，竟然涉及了一宗欺骗案与凶杀案！此转折显得有点突兀，之前经营起来的往日情、朦胧感与暧昧感，一下子全瓦解了，警方上门，一切便戛然而止。

孙宽的小说总弥漫着中产阶级的情调与品位。她设定的男男女女，尽管不全是物化的蜥蜴，但心灵破碎、灵魂缺失，生活焦躁、惶惑，一边追逐着梦想，一边与现实做拉锯战般抗衡。

《之间》风格又一变！贾韵茹是个财务主管，年老的母亲病卧在床八年，她为了照顾病母受尽折磨煎熬。贾老太太是个麻烦的病人，中风、瘫痪八年、生褥疮、脾气暴躁！此篇小说，道尽了老年人与子女互相依存、憎恨、舍与离、紧张、拉锯的关系。他们在心灵上要受多少道德审核？多少指指点点与批判？

《之间》，题目取得特别，作者要讲的是母女"之间"、亲情"之间"、爱与责任"之间"，甚至是私我与大我"之间"；当然，最后贾韵茹的母亲过世，肩膀上的负累终于卸下，她要开始思考的，必然是"生死之间"，留下的是缅怀、悔恨、惘然，还是遗憾？

《荒城》中的威廉与苏娅是一对恋人。苏娅来自破碎家庭，父亲早丧，母亲不断改嫁给富裕的男人，以谋得"饭碗"，令苏娅有不愉快的童年，以及差点遭受性侵的恐怖阴影。威廉比较正常，但不成熟、孩子气，有强迫症。虽然威廉和苏娅彼此相爱，但其关系常处于紧张状态！

在苏娅和威廉双双染病后，两人都仿佛被迫陷入绝境。威廉陷入昏迷，而苏娅先脱离危险。她隔着ICU的玻璃，流泪忏悔。"愿一切重来！"她准备用生命去爱，去接纳威廉的缺陷。

二、《新加坡蜥蜴》到底是本怎样的小说集？

勉强归类，应该属于"都市小说"，或者是"都市奇情小说"，但少了一般都市小说的奇情、艳俗、哗众取宠；更多的是苦心经营的美学、意象、哲思，以及对险峻人性的探索。

孙宽并不拘泥于"小说三要素"——塑造人物形象、生动情节、环境描写。她也不妥妥当当避开什么小说十诫，妥妥当当依循小说创作九大技巧——主题、设定、视角、人物、情节、主要事件、关键场景、对话、线索。她的小说，很难被界定是朦胧派、先锋派、写实派、现代派，还是浪漫派。总之，她写小说百无禁忌，无招胜有招，跟着感觉走，又不会走得跌跌撞撞，而是行云流水、挥洒自如。读起来不会艰深难懂，也不会平淡无味。

像《早晨六点一刻》，看似都市怨女遇到心仪的白马王子的爱情故事，但在细腻描写下，综合了男女主角的行为与心理活动，便不难觉察，这里面既有虚写也有实写。六点一刻，戴着小钢盔，是虚造的幻象，还是活生生的一个人？一切的一切，其实都指向一场身心的冒险与疗愈。

《新加坡蜥蜴》更绝，写婚姻、写情欲，但并非浮光掠影，而是尝试探讨男女之间的物化、兽欲、返祖现象！孙宽花了笔墨对雌雄蜥蜴做了科普式的描写，隐喻不言自明，使雌雄蜥蜴追逐的结果有了依据、厚度与深度。

《戒指》与《秦时月》依然写的是都市情缘、婚姻、爱情。但角度独特，《戒指》开始触及从爱情步向婚姻的价值认同。男女主角从求婚到拒绝到再求婚成功，一波三折。一枚昂贵的婚戒，与一枚廉价的婚戒，哪枚显得贵重些？从女主角买婚戒的折腾中，爱的承诺仿佛失焦了。而现代男女，又从小说中学习到多少智慧呢？

《秦时月》有点吊诡，一场与初恋情人的重逢，竟然衍生出一宗命案与骗局。

爱情、婚姻、婚外情本就可衍生出各种人性的课题。如嫉妒、猜疑、恼恨、欺骗、迷惘、痛苦、攻击，当然也不乏欢乐、愉悦、自我牺牲。这些情境，孙宽不是概念化地呈现，而是用犹如解剖刀的笔，割出血淋淋的恶瘤来给你看！令你不能漠视！

反观《之间》，应该是孙宽努力探索的另一个方向。《之间》写的固然是老生常谈的"母女亲情"、反刍，写的是扶老的孝道考题。讲的是漫长的"扶老"过程的挑战与煎熬。儿女尽孝容易，陪伴难，亲情难舍，扶老难。《之间》要讲的是母女"之间"、亲情"之间"、爱与责任"之间"，甚至是私我与大我"之间"，当然，还有生死"之间"，生死两茫茫，阴阳两隔，岂不才是无从弥补的人间悲剧？

犹记得，俄罗斯电影《烈日灼身》，特工押送老将军，半途突然把他拉下车，一通暴揍！镜头突然拉远，看见远处冉冉升起的大气球，这就是把暴力诗意化的美学手段。

孙宽完全有能力把小说写成那样。

三、我认识的孙宽及她的写作

孙宽是一位文学硕士，毕业于南京大学。曾经在中国北京、中国香港、美国西雅图、美国惠灵顿、新加坡等地工作过，她做过汽车销售、地产投资顾问，国际学校的语言教师等工作。她的视野非同一般人，有着丰富的人生体验；又有一支健笔，驰骋于文坛，活跃于文学团体。出版过自传体散文《遇见都是初恋》，诗集《双城记》与日记体随笔《荒月之城》等。当然，她自创的媒体微刊《宽余时光》已发文 400 多篇，单篇的网络阅读量超过百万。

她的获奖记录更是惊人。列下来至少十多项。荦荦大者，有方修文学奖散文特优奖、张骞文学奖、"金鹰杯"微型小说优秀奖、东南亚最佳华文文学奖等。她也是位画家，油画作品丰富，已在 2023 年 1 月，于新加坡"黑土地展览馆"举办首次个人作品展。

有着这样一张值得骄傲的履历，这样一张摆出来无愧的成绩单，但她仍然谦卑地向人求教，与写作同道讨论，以期在写作技艺上、美学追求上，能百尺竿头，更进一步。

孙宽写诗、写散文，练就了绵密的文字与意象，写小说就得心应手。她处理小说情节，跳跃性很小，没有什么大转折，但结构完整。叙述观点也统一，甚少偏离。她似乎借鉴于电影美学大师霍华苏伯的电影创作理论，人物塑造有着饱满的角色力！角色何来"力"？指的是魅力、张力、柔力。

因为掌握了文字的细腻度，角色力便极为形象、立体地勾勒出人性的各种幽微处，写爱情，刻骨铭心、死去活来。写恨、写怨，令人揪心掩卷。她得过严重的抑郁症，"最终能走出来，九死一生"。写诗、写小说，何尝不是一种自我疗愈？病便远离她而去了。

孙宽老是谦卑地自称"没有什么才华"，但无须强辩，才华尽显在她的每一篇小说中！无论是隐喻、实写、虚写、营造戏剧张力，还是调侃幽默，她都是一流的！她也不拘一格，几乎每一篇小说都玩不同的技法，这不是才华是什么？

写作如耕田，才华本难求。但文学创作，不外乎"忍受缺陷，追求完美"！

希望孙宽不在乎第一本小说集的得失。

愿与孙宽共勉。

丁　云

2023 年 9 月 5 日于新加坡

自序
唤醒自己与他人的感受力

　　我忘记在哪儿读到的，一位小说大师曾说："写小说比杀人还难。"毋庸置疑，写小说真是迄今我遇到的最难的事。

　　这么难的事情，为什么这样吸引我？

　　开始写小说，完全无从下手。现在也可能还不得要领，不过我勇敢地写。余华老师的写作课，反复强调最重要的只有一个字，就是"写"。丁云老师不喜欢听我说我没有写作天赋，我确实连架构故事的基本能力都欠缺。曾有一位写作课老师说，我根本不会虚构故事，也不具备这种能力。几年前，看我的习作，简直替我捏一把汗。可我死乞白赖，非要写小说。

　　写作于我是关乎生命的事。最早源于重度抑郁症的辅助治疗，从自媒体写回忆性的非虚构故事开始，到2018年我上创意写作课，学写诗歌，慢慢过渡到写小说。我慢慢从抑郁症的黑洞里爬了出来，写作成了活下去的最重要内容。越写越难，越有挑战性，越有意思。写作成了我每天必须做的事情，即使不写，也习惯性坐在桌前读书。

小说难，首先故事要好看，还要有意义，还不能把这个意义，直接说出来。如何建构它，最终实现这个目标？好比您读一本拿起来就不想放下的书，您越读越起劲，越兴奋。好小说让您读下去，半夜三更也要把它读完，而我就是那种半夜三更也要爬起来写的人。写小说，也令我非常兴奋。写小说，也是迄今我认为最有趣的事情。以读带写，有些作品，两年前是读不下去的。读着读着，慢慢喜欢，而且越来越喜欢。比如川端康成、门罗、奥康纳等作家的作品，他们的小说都像康拉德反复强调的，唤醒人的感受力。我慢慢明白，好小说并不是要讲某个事件，小说整体性的叙述力量，最终是要给读者呈现完整的艺术审美体验。故事讲完了，仍有什么挥之不去的，能让人引起注意的，或思考，或回味，在方法技巧之外的，让人有所感受的是唤醒……

首先，唤醒自己。

其实，隔一段时间，我就绝望一次。绝望过后，心里还是惦记着放不下。阅读是最后为我托底的老师，为不让阅读过于单一枯燥，我一边画画，一边用耳朵阅读，听有声小说，听完再读。每天阅读，看起来都很无用，不过，如《秦时月》，就是在看似无用的阅读里，找到了出口。

写小说，我学会了不着急。《早晨六点一刻》是我一点点构思，慢慢建设，直到背景与人物画面、故事情节与细节都很清晰后，我才开始动手写的。《红颜知己》和《欠我的不必还了》更是在学习架构故事的基础上，完全虚构的新尝试，带着新写作人的踉跄与力量不足。非常感恩李昌鹏老师予以新人的鼎力支持，他说他希望看到我在小说创作中成长。

　　写作除了对抗严重抑郁症的死亡威胁，不断唤醒我，唤醒灵魂深处绝望的自己，我慢慢开始体会它带给我的快乐。这种快乐，就像内啡肽产生的过程一样，历经各种困境与痛苦后，那么一点点收获的愉悦，竟无与伦比。

　　其次，唤醒他人。

　　这几年，我报读各类型的小说学习班，坚信写作技巧可以训练。除了黄梵老师的创意写作课，我听过丁云老师的小说讲座、梁文福老师的小说写作课、陈鹏老师和李浩老师的小说短训课、周如钢老师的小说改稿课、糖糖小君老师的架构故事的 21 天等。几乎每个晚上和周末我都在上课，有目标地写作，必须训练，持续训练。

　　我有幸在各类学习中，遇见许多写得好又会教的老师和同学，这是我莫大的福气与收获。最后，我要特别感谢我的师妹邹世奇，她的小说，已走出一条属于自己的创作道路，非常励志。我更感谢主编李昌鹏老师，以巨人的肩膀，成就一群像我这样的写作新人。而我，将在这种强大力量的支持与引导下，开始写小说。

孙　宽

2023 年 3 月于新加坡

目 录
Contents

新加坡蜥蜴

一

此刻，我不过是她面前的倒影。

她坐在我对面，身体前倾，紧紧盯着我，像要把我吸进她眼睛里，仿佛我就是她的整个世界。我的两手不受控制地想要代替我的语言，无规律地比画着，我越想把事情说得有点条理或明白些，手比画得越不协调，胳膊肘差点掀翻了桌子上的茶杯。她注视着我，没去理会这些，好像要穿过所有障碍，抵达我身后更遥远的地方。

我在她的眼睛里舞动着，像我们在舞台上的表演，就这样对视着，四目交融。我说话的速度终于缓了下来，记不清说了些什么，不过说着说着，就没那么伤心了。要倾诉一切的愿望淡化了，那一刻的迫切需要也像被稀释了。灯光聚在她的脸上，除了她黝黑的眸子发着光，其他都开始褪色模糊……

我于是轻描淡写，东一句、西一句地寻找着结尾……

"我们就这样分手了。"

"分手了？"她重复着，"理由？"

"分手还需要理由？"

"可能不需要告诉他，但你自己不需要知道到底是为什么吗？"她专注认真地看着我，目光比之前更柔软。

"我没仔细想过，可能是他没说再见，也没跟我吻别。不对，这是他第一次先离开酒店的。就为这个，这算不算个理由？"

"嗯……算。我去收拾一下客房。"她有点不确定地看着我，没有起身行动。

"好。"

她起身离开了。

她是我从小一起跳双人舞的搭档。我们都有跳舞的梦想，又都有着成不了专业舞者的先天或后天的原因。一直合作的双人舞，是我们的永久保留节目。后来，我们一起移民新加坡，她与我的契合度就像五线谱。她说她是恒久不变的五条线，而我是永不停歇的跳跃的音符。

二

"哎！下课后有空吃饭吗？"

"没空。"

我记得他约过我，一个说不上英俊的男生。他有一双爱笑的眼睛，双眼皮，笑起来很腼腆，露出一对浅浅的小酒窝。听其他女生背后议论过，他来自马来西亚，和我一样是 15 岁得到新加坡政府奖学金的外国留学生。

"哎！要不要一起吃饭？"

"好，这会儿雨太大了！"这次我看见他脸颊上新冒出的几颗特别大的痘痘，都涨红了，一副非常窘迫的样子。东南亚男生偏矮，他除外，好像还在长。我个子太高，又来自异乡，基本没什么朋友。我们偶尔在学校走廊上遇见，我喜欢看他的两条大长腿，肌肉线条清晰，晒得黝黑发亮。他打篮球，我偶尔路过操场，会停下看一会儿。圣诞节，我和她的双人舞演出，他也会去观赏。

一个下午放学后，我们都被大雨截住，像两条寻觅食物的巨蜥幼崽，潮湿的空气中弥漫着强烈的荷尔蒙气息。

我们并排坐下，看着零乱繁杂的点菜板，他似乎在犹豫吃什么。我得赶紧吃点，一会儿要去她的学校排练，再大的雨也不能迟到。

"好啊！"我一面应着，一面迅速选择。

"你想吃什么？"他用肘戳了我一下，我没动，也没看他。

"糁峇酱炒拉拉，黑胡椒鱼片汤，炒萝卜糕，多放一个蛋。"

"这么多！你吃得完吗？"

"你不说一起吃吗？"

"……"

我喜欢他，只是没有时间矜持。除了跳舞是我和她都舍不得放弃的，我连场电影都不看。中学的最后一年，我知道自己要读医科，几类政府奖学金都不赞助医科，特别是外科还要多读一年，脑外科要多读两年，我不想跟家里伸手，就得自己申请其他奖学金，或申请学生贷款。我没给自己留下任何回旋余地或退路。

回忆就是追溯历史，而且好像要追溯到人类初期，甚至爬行动物时代。我们像两条巨蜥幼崽，很难遇见。它们即使遇见，也不缠绵，甚至顾不上多看对方一眼。巨蜥幼崽除了睡眠，其他时间都在疲于奔命或寻找食物，只能各忙各的。

毕业后我们没再见过，听说他去了国外，很快有了女朋友……再后来，我们都爬到了属于自己的树上，有了各自的栖息。

<h1 style="text-align:center">三</h1>

"罗曼大夫，听说你儿子考上了哈佛，恭喜恭喜！"

"谢谢谢谢！我是个粗心的妈妈……"

"哎哟！不带这样间接夸老公的！"

"不是不是，其实孩子他爸爸也是个粗心的人，而且比我更没有时间……"

"看看，看看！马上变成直接夸孩子！"

"人家孩子是真的棒啊！还是教育得好！"有人替我圆了个场，我赶紧借坡下驴："哪里哪里，我确实很幸运，摊上这么个自觉的孩子。"

"就是，就是，这样强大的基因，哪里是我们普通人家可以梦想的？"

"……"

我下班没直接回家，我需要"话疗"。

任何时候我去她那里都不必预约。她开了个小书店，还卖点小商品，设了几个咖啡座，她就住在店面楼上。

"你说这都什么人？"我叨叨完，还是不开心。

"有谁是真正希望别人过得好的？"

"那你呢？"我白了她一眼。

"昆德拉的小说刚到，台湾版的。"她正在电脑上给图书编号。

"《不能承受的生命之轻》在哪里？"我在还没打码的书堆里翻找着。

在她看来，我的"不正常"其实都正常。我们偶尔还像15岁逃学的下午那样，有种不可名状的自在。我喝完咖啡，已把不快徐徐咽下，往她家沙发上一躺，身体和情绪都舒缓多了。她总会坐过来陪我，让我枕着她的腿，有时我半靠在她怀里，各自看书，她偶尔低头看我。有时就望着窗外，我顺着她的目光望去，总能看见窗外的树影里，似乎有两条巨蜥幼崽，各自卧在树杈间……

牢骚归牢骚，我在工作上花的时间，还是越来越长了。手术台慢慢成了隐形的大树，我习惯爬回树上。大树给我安全感，让我不仅有了更多钱，也免除了显露自己与那些婚姻不幸者之间的沟壑与差异。

我成了第一代"香蕉人"，我只跟她说华语，其他时候基本没机会说，这种时刻也越来越难得。在她这里，很多时候我又什么都不必说。我偶尔在她店里喝一杯咖啡，看一本华文小说，像是一种"复习"，我马上就回到15岁。

来这儿看书、买书的，也差不多都是学生或新移民，这里就像一个乡愁聚集地……偶尔听年轻人互相调侃，讲个华文笑话，也都是我不能与我那位"蓝眼睛"的丈夫或遗传了我褐色眼睛的混血儿子所共享的乐子。以前，我读到任何有趣的段子，也曾试着用英文解释给蓝眼睛听，千方百计给他描述一下，可他并不掩饰自己的不屑。

　　蓝眼睛，是我当实习医生时，经人介绍认识的。他有着一米九的大高个子，是个少见不善交际的美国人，会计师。第一眼我就喜欢他的眼睛，湛蓝的大眼睛，清澈纯净。也许是一种职业病，他显得有点严肃，不苟言笑。相处久了才知道，他就是不爱说话。在医院上班，太爱说话或太缠人的，我也对付不了。

　　初次见面，蓝眼睛说，我是亚洲人里的白仙鹤，能配上他这个头的华人女孩太难找，"这样我吻你，就不至于把腰弯折了。"我既害羞，又暗喜，那时我并不知道，这是他这辈子开得最极致的玩笑。

　　据说从未谈过恋爱的，一般都能一次成功，我们相识不久就进入了婚姻殿堂。

　　后来，我安慰自己，我只是偶尔需要一点幻想与幽默，蓝眼睛只是不懂小说的虚构。我省得自己在最放松的地方紧紧张张，像是在错误的时间里存在就是另一种错误。

　　慢慢地，我再也懒得解释了。

四

　　跟蓝眼睛一样不说华语的儿子上大学后，仿佛只是我们的亲戚。

　　我们送他上学那天，我收回了他原本总是忘记带的家门钥匙。

我想解释一下，张了张嘴，儿子看着我的眼神，不知何时已变成了成年人之间的巨大疏离。更像成年巨蜥，寒气逼人的鳞片，在阳光下发着金属的光泽。靠近了刺眼，走远了模糊。无论如何，那种特殊光泽，已不允许任何成年巨蜥再互相靠近了。

在去哈佛的机场挥别就显得轻松多了，我和蓝眼睛的不舍，也似乎被巨大喜悦遮盖了。这世界上最让人底气十足的，不是尊重与平等，而是被偏爱。举杯庆祝回归二人世界的当晚，我和蓝眼睛像新婚之夜一样，缠绵里流露出多少悲喜已不得而知。我们只是持久地，一次又一次地，让潮水汹涌而来，再消失殆尽，直到黎明将至……

早上的太阳照进窗棂，洒在我们床头，我从被单下伸展出来，悄悄支起身靠着床头，正犹豫着……

"别去健身了，歇一天吧！"

我低头看着连眼睛都没睁、睫毛也没动一下的蓝眼睛，他怎么知道我在纠结？我抚摸着他一夜工夫就长出青色一片的络腮胡楂儿，蜷缩回被单下面。

蓝眼睛环抱住我，胡楂儿扎扎的热浪，迅猛地吞没了阳光灿烂的早晨。

转眼到了我们的陶婚纪念日，我特别提早下班。一进门，就看见蓝眼睛坐在客厅沙发上鼓捣 iPad，往常他会在厨房准备晚餐，今天厨房门紧闭着，估计他也刚回来。

"哎！对面那家马来人的餐馆，开业了……"

蓝眼睛抬头看我一眼："是装修了好几个月的那间吗？"

"嗯，刚才路过，看到外面都坐满了人，好像有咱俩爱吃的……"

"仁当牛肉（Beef Rendang）！"我想象自己坐在桌前，扑面而来的香气，那是黄姜、咖喱、辣椒、薄荷等几十种香料，把新鲜牛肉炖煮十几个小时散发出的香气……

蓝眼睛站起来搂住我："结婚纪念日快乐！"

推开厨房门，小餐桌上摆着一束火红的玫瑰，我打开瓦罐的小盖子，整个厨房就立刻弥漫着传统马来仁当牛肉的浓郁味道……

我时常怀疑自己，我们为什么这样合拍？两个都不浪漫的人，但常常合拍得都有点不真实。蓝眼睛就像一个与我合谋的影子，连思维模式都很相似。合拍带来许多生活便利，需要的，不需要的，都像变戏法，想想就立刻会出现在眼前。我们俩像一个人的左脑与右脑，随时交替使用。

"你说这是幸福吗？还是常人的平庸？"我摊开一本小说，问她。

"我哪儿知道？反正你就是个饱汉子！"她一这样说，我马上就没话了。她从不评价我的情感生活，不过只要她张口，便是极限。我也问过她许多次，为什么不找个伴儿？她一般不回答我的问题，问急了，她会说："你别跟你妈一样好吗？"

这是我的极限，就此打住。

以前，我和她聊蓝眼睛的毛病，百无禁忌，一块抹布，我也能叨叨一晚上。蓝眼睛爱做饭，但从不洗抹布。我总不在家吃饭，可回家一进厨房，就闻见抹布的馊臭味。下夜班回来，不管有没有力气，我进门第一件事，就是洗抹布。要不第二天这块馊臭的抹布就会抹遍厨房。我得用洗洁精搓几遍，若还看不见抹布本色，就得再用漂白水泡一夜。只要是蓝眼睛用过的抹布，不这样洗，一次就得扔掉。不知不觉，我有了随时随地买抹布的强迫症。

蓝眼睛和儿子，原本是我用来炫耀的两块宝石，他们在恰当的时候闪一闪，特别适合医院这种封闭的工作环境。

可我突然发现，与她闲聊，也不能没遮没拦了。

五

我常会半夜醒来，听着蓝眼睛均匀的鼾声，渐渐地，我便听不见自己的呼吸声了。望着窗外，我开始习惯性寻找树影里的那两条巨蜥幼崽。好一阵子不见了，它们也许已经长大了。

有一天我发现它们又爬回了树上，缠绵成一个温存的影子。我越来越相信自己可能就是其中一条巨蜥，我常常会梦见自己生活在树上。有一次，我梦见了他。醒来，我又紧张，又好奇，梦里他也是一条花纹亮丽的巨蜥……

某日，我遇见了他。

我和他，真像我梦见的两条巨蜥幼崽那样，互相对视着，确切地说是对峙着，两个人都说不出话，互相打量了很久……

他比我记忆中结实了，少年的轮廓还在，肌肉的线条更清晰了。没有了少年的青春痘，皮肤更黝黑而富有光泽。我想象不出，他成年后竟如此壮硕。

"后来我出国读大学，突然胖得不行，结果被大学交往了好几年的女朋友甩了！"

"听说了，为你难过……"

"从那时起我不再相信爱情。开始健身……"

我记得好像为他难过了一下，然后也幸灾乐祸他的"爱情"没那么春风得意。我一边听他讲，一边回想自己的超长大学生活，心中有无数遗憾。不过，我不想打扰自己此刻的各种雀跃。

看着眼前这英俊的男人，我太庆幸当年没与他有过近距离接触，没有消磨过恋爱时光，也没有陷入过爱情……浪漫或幻想，似乎全为我聚焦此刻，时光马上倒转回 15 岁——和上着课我突然想逃学一样，现在我只想再"逃学"一次。

不记得还说了什么，可能是瞬间隐形的片刻，如同钟表停摆，时间从空间跨越，又抽离出来……我们都忘记了自己与对方，早已成为极具杀伤力的、绝对不可能容下任何同类或异类的成年巨蜥。

传说有四只眼睛的远古蜥蜴，有两只眼睛隐形，需要感受特殊光源的刺激才能睁开。那一刻，我们像松果体受到刺激，产生了从未幻想过的相吸力。从未经历过的感光功能产生了奇妙作用，整个世界突然都被虚化了，一切在两条爬行动物四目交融的瞬间，都黯淡了下来。

我们远离尘嚣，消失隐形了几十个小时。我重新经历了一次逃学……第一次背着家长……

巨蜥是冷血动物，在繁殖期却能缠绵数日，难舍难分。岛国的热带雨林，似乎从未这样生机盎然过，仿佛茂密的雨林里充满神奇与奥秘。我们在远离新加坡本岛的某个小岛上，一个特别熟悉的陌生环境里，回到了初遇的 15 岁。

三天没被打扰的房间里，桌上堆满用过的杯子。记忆像方糖，一块一块融进了沸腾的咖啡，一口一口被咀嚼出了苦涩，品出了香醇……

六

"我无法想象怎么就那么准？就是命运安排吧！"他像是在描述别人的故事。

"你相信孩子是你的最重要。"我说。

他娶了比他大 10 岁的韩国女人，有两个女儿。他和我一样，也没什么机会说华语，我发现我们的华语能力都在弱化。自从再次遇见他，我便有了更多秘密。关于他，我什么都没跟她提及。

"反正我不会去检验 DNA。"

"没必要。"

"那时我谁都不爱，和谁结婚还不都一样？"他像是自问自答。

"……"

"是她非要这孩子的，为孩子，我只好结婚。"

"你不说她娘家也陪嫁了一套公寓？"不知何时开始，我一边酸，还一边假装成一个不动声色的朋友。

"我的薪水还没孝敬父母多少，就开始多半上交了。"

"这不挺好的，一起养育孩子嘛。"

听他讲肥皂剧情，开始还挺新鲜。故事都像个舞台剧中那些无关紧要的道具，戏剧中的一些小细节，都没有完整情节，充其量是些小片段或局部拼接。说来说去都是配角，没有主角。他们仅仅约会一次就怀孕了，排卵期必然计算得非常准确吧？我不太相信都是荷尔蒙惹的祸，倒更像他的独舞或独唱，其他人充其量算合音，也许是无足轻重的背景音。

"是的，我原本不知道自己很喜欢小孩的。可问题是孩子来了，她又不管孩子。我又要挣钱养家，又要管孩子……我真不懂女人。"

我想了想我和蓝眼睛，确实是他想要孩子的。每次那个时候，蓝眼睛会很急促地重复着："亲爱的，给我生个孩子吧……"

"生小二，简直就像搞科研，她跟我说必须做，就今天……"我看着他，不知说什么。眼前浮现出一个画面，一只肥大的雌蜘蛛，编织了一张巨大而结实的网，等待那落入网中的猎物……

"就今天？"我没太注意过自己的排卵期，若遇意外排卵，很容易怀孕。

"小二生下来后，我们分房了。一天帮忙的菲佣叫我，我冲进她的房间，看见她站在窗户上……"

"是不是产后抑郁症？"

这会不会是个单方面的故事？无论如何，他哀伤的表情触动了我，可惜我没机会听到故事的另一半。他陷入回忆的表情令人沉迷，他嘴唇的轮廓不太像中年人有种扎人的硬，他的唇厚实柔软，微微地带着潮气。我会产生瞬间的错觉，这仍是那个 15 岁的少年。他挺拔的鼻子翕动了一下，鼻翼有点泛红，我赶紧低头到处找纸巾……

"我当时也不知道是抑郁症，太吓人了！"

"是啊！产后抑郁症，多数是荷尔蒙的错。"

"都熬过来了。现在孩子也大了……"

"你一直都是那守家的碧玉？"

"那倒也不是。"

他诡秘地闪动了一下左侧眉毛，眉是他最会说话的器官。两道眉浓重厚彩，棱角分明，使他的脸看起来更有立体感。生猛，却不生硬，再加上一双总在笑的眼睛，猜不出什么样的女生会不喜欢这张脸。

"后来呢？"我注意到他眉棱上方，已有几根白色眉毛。

"差点被缠上呗！"

"舍不得钱吧？"

"这事哪能谈钱？谈，我也没有！财政大权完全在我老婆手里。"

"那你怎么……"

"我有点灰色收入，我业余在大学上基础课，青春就一直贴近生活。"

"爱上过女儿的同学吧？"我心里一阵泛酸，发紧。

"人总得有个幻觉出口吧？再说，我老婆有几个闺密，总长期一起出国，恨不得要一起过日子。"

"她不太有生理需要了？"

"以前是我不想，后来是她，最近几年大家都不想了……"

七

他最终被离了婚。

我们的咖啡，持续滚烫了好几次。有几次真感觉喝出了自由与酣畅淋漓。

不过，我很快就发现，他真以为自己回到了15岁。竟然告诉我他喜欢上了一个比他小20岁的女孩。我确实没想过离开蓝眼睛，可是……我恨恨地想，这真是多老的骨头，只要不差钱，就有人追着哂吧。

果然不出所料，他的咖啡，无论再加多少方糖，都开始苦涩。

"还是有些什么，不太一样了。"他见我的第一句话。"好像缺少了一起养育孩子的责任与信赖，关系很快就会失衡。"

"那容易，再生啊！"我听着听着，就不由自主地跟着他着急。有时，我还特生气，甚至愤怒。

我恨自己竟然掉了进去，替他想。生气归生气，这些我不爱听的故事，听得我忍不住动手开始写小说了。

"可我已经没了再一起养育孩子的热情。"他突然落寞起来。

我越来越烦他把我当朋友。谁真把心里的"狗屎"都倒出来，其实都很不堪。他的"狗屎"常扼杀了我的幻想与渴望。他竟然察觉不出来，我越来越不爱听他这些风花雪月，更不爱听他抱怨。

我们的咖啡，最后真成了喝咖啡。

不过，他眉毛翘起来，把哀怨或窃喜嵌入眼神时，就自带着一种神气。

这很像小蜥蜴遇到更大的巨蜥靠近，它们的逃匿，处处闪烁着智慧，带着生死存亡的惊险刺激。动作稍微慢点，小蜥蜴就会成为同类的食物。某日，我在植物园亲见正晒太阳的巨蜥幼崽，没意识到从大树背后靠近的"族亲"，逃离得不及时，几秒钟就被大型族亲吞噬了。巨蜥幼崽成为同类食物，远比被鹰这类天敌吃掉的概率高多了。

　　他眉毛飞扬着，睫毛忽闪着，他在寻找类似死亡一样的刺激？这熠熠发光的眼睛，流露出的狡黠，有种夺命的危险，对我是不是也有一种不可抗拒的诱惑？

　　为这杯偶尔滚烫香浓的咖啡，他每天健身，每天到公司上班。本以为没必要再找借口编故事了，但无一例外，他总被年轻女孩诱惑。然后，被逼同居，再被逼婚。

　　"哎！你赶快把车停好，直接到电梯口。"

　　"我车进不去，车库满了，你下来帮我跟保安说一下，让我停在停车场另一边或角头，不碍事的地方就行。"我得提前请假，事先安排好工作，不动声色地出来。

　　"不行不行，我不能到车库门口，万一被发现就惨了！"

　　"被谁发现？你什么时候又被管制了？"

　　"哎呀！待会儿跟你说，这次比老婆盯梢更糟糕，直接逼到楼下，天天跟踪我。"

　　"你活该！咖啡我不喝了！"

　　本来一个特意安排或临时创意出来的"旅行"，很让我期待憧憬。虽然听他讲故事，让我开始有些犯难了，但还可算小说素材——有时感觉像个少女控的活教材；有时就像新加坡的岛外岛，诱惑着我总能找到一些借口和出口。不过，我意料不到的是，他感觉躲避女朋友的追踪，比避免被老婆捉住更刺激。

某日，我读了凯雷特的小说《分手进化论》，我找到所有奇事与疑问的发源地。作者描述的爬行动物，不就是我这类巨蜥吗？我相信自己就是那条初出茅庐未谙世事的蜥蜴。我在逃匿躲避什么？我为什么总回返 15 岁？难道我是要感受这种偶尔"被需要"的激情？

最奇怪的是，自从两条类似的巨蜥有过各种缠绵后，我的生理系统发生了基因突变。某些元素影响了我生理系统的正常运作，我停止了老化，而且定期蜕皮。虽然每次蜕皮都痛苦得好像生剥皮，不过我竟然在同龄人的更年期，也许是更年期后的年龄，怀孕了。

我肯定有额外排卵！现在我很确定，有些小说家就是预言家。有些东西就是科学也无法解释的，谁也说不好生命的第二个春天何时回来。问题是，我现在不能告诉任何人，我该怎么办？

她是唯一知道我胆子大如天的人，可怀孕这件事情，我还是谁都不能说。

八

巨蜥其实没有家庭观念，无论卵生胎生，它们不护幼崽。小蜥蜴一旦离开母体，就彼此独立，食物可能来自同类。我想我怀的，就算是奇丑无比的新加坡蜥蜴，或外星人，史瑞克那样的怪物，不管是什么，都是我的孩子。

可我毕竟是当了阿婆的。儿子毕业后留在美国，娶了一个洋妞，我们从亲戚彻底变成了陌生人。

想想儿子除了眼睛颜色外，长得完全不像我，但这个"陌生人"是我亲生的，我完成了义务，成功脱离。我父母绝不让幼崽脱离，我企图独立时，常常被我母亲像老猫叼住小猫一样拖回去，我大到她拖不动了，还不放手。我柔软的表层下面，布满坚硬锋利的鳞片，我的喉咙已变成深蓝色，发出咝咝的警告声，都无法让我母亲放下我。15岁，我考取少年留学生，得到新加坡政府的全奖学金，就为摆脱他们。可他们追来新加坡，还在这里落了户。

其实，我只要稍微甩一下尾巴，就能把他们搅翻在地，可我选择了逃离。那时我母亲动不动以命相要挟，我不得不逃离，把与他们的生离死别，早早提前到高中毕业……

我的记忆永远滞留在15岁——我到新加坡。只有她让我在舞蹈中，凭着本能，有片刻幻想，有片刻是我自己，有片刻缠绵或奔放。在舞台上，在音乐里，肉体与肉体之间，有片刻触摸到那么一点点真实。

蓝眼睛从不以为然。

我相信自己确实变了，视觉、听觉、嗅觉都敏锐如15岁。我不确定是不是某个夜晚，我遥望窗外，被这些机灵鬼怪的巨蜥窥视了我的内心？基因突变到底是怎样发生的？我有时连眼睛转动都自相矛盾，两只眼睛以不同的方向，不同速度转动。一只眼睛看同性，一只眼睛看异性……

　　我跟儿子索要回家门钥匙那一刻，不就是想让他早点进化吗？免得儿子像我一样，永远找不到可以交流的对象，好像我使用的语言，永远无人能懂。即使我 15 岁就在新加坡受教育，罗曼大夫前面还是一定要贴上类别标签——"新移民脑神经外科专家"。

　　"这本来就很正常。"蓝眼睛安慰我。他觉得我们与儿子一家不相往来，实际上很符合动物性。而我们这种家庭，在任何地方都是边缘，再正常不过了。

　　"你干吗总怕我跟儿子他们来往得近一点？"

　　"不是知道你与他们肯定也合不来吗？！"

　　"我也想……"

　　"你跟儿子站在一起，抱着孙子，就像我们抱着儿子小时候一样！"

　　"你吃什么干醋啊？"

　　我才意识到对于蓝眼睛来说，儿子就是一个年轻的陌生男子。自从我停止了老化后，没几年工夫，我与蓝眼睛在一起已有了代沟。我是真没看出老老实实的蓝眼睛，平时连个玩笑都不会开，内心竟然如此龌龊。

　　那么，我肚子里的孩子？排卵期，我非常确定没有跟任何人在一起。我说不好是什么时候怀上的，更无法判断他们谁是亲生父亲。现在 DNA 还测不出来，而且根本不用测了。

　　褐色眼睛的儿子，绝对是他亲生的，那又怎样？

九

因鸡毛蒜皮的事，我跟一辈子都没红过脸的蓝眼睛，彻底吵翻了。

我以为一辈子，我们都不会红脸的。

"我洗抹布，洗了几十年，我忍了你几十年。抹布都抹得发臭了，馊透了，还能再搁干了。你就不能把它随手泡水里？一辈子精神紧张地跟在你屁股后面洗抹布！小姐我……"

我噼里啪啦把一坨抹布抡起来，呛人的馊臭味飞过厨房，被我全扔进了垃圾桶。没用的塑料盘子和碗，都摔在不锈钢的水槽里，"乒乒乓乓"巨响震天。在蓝眼睛眼里，我这一条胆小怕事的巨蜥，一定在瞬间变成了巨型食肉龙。食肉龙短短的脖子，很快就胀粗，涨红，吐出蜥蜴恐吓天敌的蓝色长芯子，喉腮奓开。

"你这是干什么？冷静点儿，更年期要控制情绪，不要成为泼妇。"

"我冷静了一辈子，就是太冷静了！你都没见过真实的我，让你看看什么是更年期泼妇！"我抄起一个水晶玻璃杯"啪"的一声摔到墙角！

"神经病啊！你再折腾，我报警了！"

"报警？报警啊！你倒是报警啊！"

最恨动不动就给女人罗列罪名，什么更年期综合征、产后抑郁症、躁郁症……无非就是想证明女人都是天生的神经病嘛。可在医院工作的女人，就完全不能有任何情绪。

"这要在英国，早年女人发神经，会被判摘除卵巢子宫！"

"好啊！要让女人丧失思考能力，应该直接在脑壳上钉钉子！"还挑战我的专业？把女人当成实验性动物，还需要回到早年？

我"哗啦"打开橱柜，把我总想扔的，每次都被蓝眼睛勒令禁止扔的塑料杯盘翻出来，灰尘与油污混在一起，加上赤道的炎热，散发着臭鸡蛋的味道。一阵恶心涌上来，我差点吐出来。

"不过了，是吧？我也忍够了，你这个虚假伪善的女人！假扮淑女，到底是假了一辈子，假不下去了，终于露出了巫婆的嘴脸！"

"那正好！咱们都别忍了！"

蓝眼睛说着抄起餐桌上的电话："请您……"他还真报了警？

我有一刻在想，假如蓝眼睛上前抱住我，我会妥协。我从未陷入过爱情，可能也从未爱过谁，这确实是我遗憾的。我既绝望又气急败坏，抓起一摞塑料杯刚举过头顶，蓝眼睛见状夺门而逃，只听"啪"的一声巨响砸在他身后的门上……

我想象自己终于可以名正言顺地离家出走了，不必再畏畏缩缩。有几个不可告人的秘密是很刺激的，不过，堂堂正正地出走更豪气。谁不想真正拥有这样的勇气？

而我没有，从来没有过。

这辈子，我连换个老宅的勇气都没有。从结婚第二年就想换，一直到我当上阿婆也没换。也许，我内心从未真正想改变。如果环境不改变，我的生活能有什么改变？如果我不怀孕？如果我知道这孩子是谁的？如果我敢肯定是蓝眼睛的，我还会在意他说什么吗？环境真的就算改变了，我能有什么改变？

这些我最熟悉的人，都已成了陌生人。我已经一无所有了，我还有什么可怕的？可是，我还是怕，还是恐惧。我可能最怕的还不是没有人愿意与我共同抚养这个孩子，其中一种害怕是，这辈子我好像没为自己活过，时间却已经过成了倒计时。

除了蓝眼睛，我记得他说过，他是喜欢小孩子的。即使他们都不要，我也一定不会让这个小生命，像小巨蜥那样自生自灭。巨蜥有随时改变自己去适应环境的能力，不受任何羁绊。这次我一定会从树上下来，即使放弃大树，也要和孩子一起成长。

一想到这些，有种按捺不住的喜悦，大过了一阵阵不明的恐惧。

十

"你的……颜色变了？怎么这么暗？"

"我可能感冒了！"

激情后的爱抚，反而令我不适，看来他已经察觉了。我实在是胀得很疼，还突然情绪化，我强忍着抽泣，憋得我快要窒息。

他什么都没说，静静地擦干净床单和他自己。我看着他把衣服一件件穿回去，最后戴上手表，他的眼睛只望着窗外，望着那飘忽的云，低低地擦过窗棂。他戴手表戴得很仔细，可却戴反了。我很想告诉他，也想上去抱住他，问问他……

可我没有动，他明明知道的，他有过两次陪伴孕妇的经验……他在我面前走过去，走到门口，轻轻地打开保险锁，拉开门。没有说再见，没有吻别，甚至没有回头……静静地离开了酒店。

我和他之间的空间距离很近，从床到门口就那么几步，这段距离之间的时间却很漫长，我像是经过了一辈子。我眼睁睁地看着我的爱情，似是而非，不甚清晰的初恋，更像是彼此做了一辈子的老情人、老朋友，就这样在我面前像个幻觉一样消失了。

我是慢慢被抽空的。我躺着，没有任何感觉……不知过了多久，才觉得心口一扎一扎地疼，然后刺痛，剧痛，胃部一阵痉挛……

约会前的最后一餐，全都涌了上来。

吐完了，我把我的全世界都吐干净了。这是我预测的其中一个结果，我早就想一个人到某个离群索居的地方。特别是这个年龄，怀孕一定是上天另有安排。我又不是没有做单亲妈妈的能力，这不都是我精心策划的吗？

"房间收拾好了，你早点休息，咱们明天再聊，慢慢筹划未来。"

她轻声召唤我，轻轻拉起我的手，这双手绵软有力。我怎么忘了！我还有她呀……我不一直都有她吗？这么多年，她从未给自己找过伴侣，不论男女……我握紧她的手，借力站起身来，猛然间，小腹一阵阵缩紧坠痛。几秒钟工夫，巨痛令我眩晕，我不得不弯下腰，一股热浪涌流出来……

一阵眩晕，我两眼发黑，该不是要流产吧？

"你怎么了？"

十一

我写完最后一行，点击储存，又做了一个复制版，合上电脑……

"亲爱的，晚饭在桌子上了。"蓝眼睛走过来，亲了我一下，轻轻抚摸着我四个半月大、已微微隆起的小腹，"这次我们一定要给自己生个亲人。"他说。

蓝眼睛又俯下身贴近我，静静地听了一会儿："宝宝一定很健康可爱。"

"嗯，基因更强大，可能是条新加坡蜥蜴。"

"人工受孕，好像长得特别快！"他左右端详着我的肚子。

"傻瓜，别忘了，我们的宝宝是双胞胎！"

早晨六点一刻

一

她注意他有一阵子了，她在抻拉区抻筋时，从镜子里正好看见健身房入口处，他进来的一举一动。健身房周一至周六，每天早上六点开门。六点前，就开始排队等着第一波进健身房的，每天差不多都是同一批人。他们一边等，一边先预热，检查体温是最后一道工序，然后很快各就各位，必须第一时间抢到跑步机或自行车。

她不喜欢跟人抢，也没必要抢。

最靠近门口的抻拉区，一大早根本没有人，她习惯早起，却总排在最后一个。健身房的大门一开，十多分钟后就没什么人排队了，门口正好在她弯腰压腿劈叉的大镜子反射区，她不需要特意看，也看得清楚。开始，可能是无意间被她转身瞄到的，他戴着一个又圆又小的灰黑色头盔，头盔压得很低，罩住多半个头，这种小钢盔比较少见，也就特别显眼。他没戴风镜，没穿骑摩托车的夹克，也没有大背包。她猜他驾的可能是一辆小电动车，加上口罩封得严实，基本看不见脸。他至少得有一米八五的样子，看身材和高度，估计是个洋人，或者混血。他身着黑灰色运动装，一只手掂着一个黑胶皮提梁的透明塑料水壶，另一只手握着手机，低着头慢条斯理地挪着方步。看上去他是在跟柜台服务员低声打招呼，她只听见服务员的声音，他递上会员卡，举起手机扫描健康码，再往前走一步，稍微弯腰，把钢盔摘下来，脑门凑近扫描量体温的仪器，那个仪器叽里呱啦说上一堆话。服务员说可以了，照常问他要不要储物箱，估计他说要，他接过一个红色胶皮圈和两条浴巾，把大长腿迈进健身房里面去了……

　　她一边压腿，一边俯下身，瞟了一眼手机屏幕上巨大的时间数字，正好是六点一刻，新加坡本地人说六点三，是六点三个字，一个数字五分钟。她从完全不经意地瞄到他，到开始注意他踩点进来的时间。她从镜子里慢慢回过头来，抻颈椎与后背时的一两眼偷瞄，转移了她的注意力，缓解了她好像无意识却无所不在的紧张焦虑。这种窥察，使她慢慢有了一种期待，平添了许多幻想。

二

　　她加入这个健身俱乐部的起因，并不是一件令她愉快的事情。

　　她在租住公寓楼下的健身房健身，实在太方便了。早上差一刻六点，永远都是她自己一个人独占健身房。她从不需戴耳机听音乐，直接使用手机，还打开扬声器。六点四十到七点这段时间，偶尔有一两个人进来，她已经开始抻拉，将近一个小时健身完成，之后的半个小时，她会在健身房外的花园里走走，落落汗，闻闻花香。

全球性流感开始，各地新闻漫天飞扬，不过大家都还淡定，就是健身房突然人多起来。她感觉早晨五十五分钟独自一人使用健身房的那份自由自在，突然被霸占了。音乐带来的片刻幻想，也不能自然流露了，她得关闭音乐，或用自己都听不见的音量。世界不是安静了下来，反而突然更喧嚣了。她开始听见一些噪声，这些噪声使她心烦意乱。

有些从不用健身房的人，突然拥入，一个身上带着浓郁的烟味的印度男人，每天早上都像有满脸起床气，愤怒暗黑得像是抽了一夜烟，从烟筒里钻出来的。他用过的器材马上就沾染上烟与狐臭混杂的味道。这股呛鼻的怪味使她更加烦躁，似乎 20 世纪的食物都涌到嗓子眼的呕吐感，使她不得不停止剧烈运动。一定是有人也受不了这股味道，干脆把窗户打开。

她不喜欢这股呛人的味道，不过打开窗户，她更不喜欢。一间小健身房里的冷气，会在几分钟内就散掉。她本已体温升高，燥热难忍，室内温度再上升几摄氏度，她立刻汗如雨下，呼吸困难，更加烦闷焦躁，头晕恶心。酸臭的胃液或混杂着刚喝下的水，一阵阵返回到嘴里，她马上就要虚脱。

她找过公寓管理处几次，他们的解释是，各地情况越来越严重，有些人很恐惧空气不流通会造成更多传染，在狭窄的空间里，总需要更多的空气，开窗比较安全。

她问既然这么喜欢空气流通，为什么不到室外去运动呢？如果病毒已存在于健身房，开窗又有什么用？每个人的手接触的器械上，假如就带着病毒，不一样制造传播病毒的机会吗？这些在她看来，都是不成立的歪理，分明是常识不足。

本来每天早上为减压的健身，最后反倒成为让她感觉压力最大的一件事。不过，她没再去投诉，觉得自己的压力，其实不算什么。事情是这样的：一天早上她起得更早，几乎整夜没睡，不如去健身。健身房亮着微弱的光，好像没有人，可能头天晚上离开的人忘记关灯了吧。大灯没开，只有几个周边的射灯，她扫描进去后，随手开了灯。她突然听见好像哭泣的声音，仔细一看，那个阴郁的印度人趴在地上，她吓了一跳。

她本能地走近那股呛鼻的混合味，问道："Are you OK？"他微微抬起头，那是一张绝望的脸，满脸泪水。

她不知道该做什么，只愣愣地看着印度人，半天她问，那我把大灯关掉吧？这锃亮的照射，让她感觉心烦意乱。

"My son killed himself... Why？Why？"印度人好像在自问，又好像在问她。

她张大眼睛，不知道说什么，更不知道如何安慰这位心碎的父亲。她搜索着自己的记忆，可她的记忆近来非常混乱，有时醒来会晨昏颠倒，她想可能是那个小帅哥。那个满脸笑容的小伙子？她继续搜索着记忆，这栋公寓里印度人不少，哪个是他儿子？有一个十四五岁的英俊少年，好像有一次在电梯里遇见，她被少年手上牵着的法斗吸引了……她好像没仔细看阴郁脸的父亲，记得他们好像在说学校的事情，不过她对英俊少年的印象特别深刻，当时还想过，多丑的爹都不要紧，只要妈妈美，孩子就好看。

小伙子和狗狗，她记得。她感觉世界在那一瞬间，空气是流动的。

她无法思考下去，这几个月的真实情况是，她不敢再看任何新闻，不敢想任何事，又无时无刻不在苦闷着，焦虑着一切现实存在的，或不存在的事情，甚至未来不可知的事情。面对这位一大清早一个人趴在黑暗里哭泣的父亲，与男朋友分手算什么？失业算什么？租约就要到期，还找不到合适的地方算什么？抑郁症可能也不算什么，躁郁症也没那么可怕，这不还在努力健身自救吗？

她静静地走到门口，把健身房的大灯关掉，只留下了几个周边的射灯。不只是印度人的脸黑魆魆看不清，连她也在黑魆魆的弱光下，幽暗了下来。在这种幽暗中，她努力淡定着自己。

她在离印度人两三米远的地方坐下来，慢慢地抻拉着身体的每一寸疼痛，呼吸着紧贴地面的凉气，刚才令她无法忍受的所有混合臭味，似乎都淡去了……

三

这间公共健身房离她家不太远。走路十分钟，她五点三刻离开家，穿过两条马路。天还像半夜一样黑，路上基本没有行人，在对面的小马路旁边，有一辆小型巴士，像是接去海上工作的技术人员。现在还有人在海上工作吗？他们穿的工作服，又有点像医院的防护服，像随时截住行人，就装进车拉走了。这些制服的颜色，也像火警部队的橙红色。他们到底是什么人？每天早晨这种颜色，即使在黑暗中，也像警报一样令她紧张，她总下意识地捂住口罩，生怕自己被带走一样，低头匆匆绕开他们。

差五分六点她开始排队，一般排在这个时间段进健身房的人群最后。六点十分左右，她就拿到浴巾了。她不要储物箱，不需要进去健身房里面的更衣室，也不去抢跑步机，每台机器之间都有一台机器停止使用，抢不抢得到都会遭人瞪眼。刚来健身房第二天就有人跑来提醒她：谁谁是不好惹的，哪台哪台机器，从几点到几点是不要碰的。她没想到公共健身房也有不成文的规矩，新来的像进入社会一样，必须遵循健身大佬们的"规则"。她微笑地谢了热心人，这些热心人往往都是替大佬们通风报信的，哪有善茬儿？算了，她想。正好抻拉区就在门口，这样就免除和前面的人，特别是避免不知道深浅时跟大佬们发生摩擦，或争抢储物箱、跑步机、自行车什么的。

开始，她就买了短期会员配套，虽然单价贵，不过一次投入少。她想流感不会持续太久，这段时间很快就会过去，公寓健身房不会变成永远不开冷气的桑拿吧。她也怕自己被迫选择，好像必须运动，不然一次没去就有白扔十块钱的罪恶感。结果盼来盼去的结果是，公寓楼下的健身房彻底关闭了，短期内不会恢复。这样若长期使用公共健身房，就不如买长期配套。买的不如卖的精，每一天的单价便宜了不少，可要一次性买三年的，这实际上是一笔很大的投入。她跟销售代理商量半天，先付一部分，其他分期付。她已经失业了，可若不运动，她知道抑郁症不仅很快会卷土重来，还会越来越严重，就当是吃药吧，她必须逼自己运动。

四

这段时期，政府提倡在家办公，完全不需要起得这么早。必须这么早来健身房的，无论如何感觉都像是运动强迫症患者。现在，健身还要事先在网络上预订，每个时段一个半小时，限制人数 30 个。预订概率像中马票和抽奖一样，抽中了要是不来还会被罚款。公共健身房最恐怖的是，每天早上都很像战场，有一些人，就像黑社会大佬：每台机器都是我的，我都霸占着，我用着的这台机器别人不能碰，就连我刚用过的，我将要用的，别人都不能用……

她很后悔签了长期配套。除了满脸写着，看清楚点我是大佬的"恶霸"，还有一看已经进入更年期，愁眉苦脸的叔叔阿姨，其余的每个年轻人脸上，都差不多写着同样内容：我苦大仇深，我整晚做的是噩梦，我还没睡醒，别跟我说话，别招我，别惹我……

她的脸上无疑就是这样子的，最让她难过的，还不只是这些，有几个黑得发亮的印度服务员，一大早就把健身房的音乐开得震耳欲聋，几秒钟，她就开始燥热，恨不得踢墙。有一天，她实在受不了，感觉心脏要爆了。她跑过去对着服务员喊道："你可以把声音开得再大点吗？"后来几个柜台服务员都知道她是那个"有病"的人。还有几个菲律宾的，半黑不黑的教练，操着美音的英文，故意把尾音拉出许多儿音，说话声音比音乐声更响，像在互相嚷嚷，更像是故意聒噪，唯恐整个健身房有一个人听不见他们在嚷嚷什么。这个她没辙，只能逃离。

她刚开始出现在这个健身房时，也被三个教练围着。他们都想要卖给她训练配套，或建议她增肌减脂的塑形训练。这位教练让她拿这个配套，那位教练让她拿那个配套，开始他们都很热情。可听她说不需要健身教练，她可以自己练以后，一个个都不理她了。即使偶尔与他们遇一个正脸儿，也都不再打招呼。她说早安时，他们都装作没听见。另外两个，可能是本地教练，还特别给她脸色看。她正在用的器械刚放下，想喘口气，就被拿走，旁边明明有一堆没人碰的器械，就偏偏拿她手边的，大有一种顺我者昌、逆我者亡的狂妄。

柜台服务员除了知道她是一个怕噪声的"病人"，他们也并不是对每个人都友好。有一次她问可不可以换一条浴巾，柜台服务员连看都没看她一眼，马上就说不可以换。

"为什么不可以换？"她问。

"你已经碰过的东西，别人就不能再用了。"服务员还是连头都没抬一下，根本没看她要换的那条浴巾，也没问她为什么要换，继续低头整理浴巾。

"不能换也得换，这条浴巾上的血迹都没洗干净，谁能用就让他拿去用吧！"

她本来也想好好解释，发现也没什么好解释的，解释也根本没人听。服务员瞪了她一眼，很不情愿递给她一条看上去还是很旧的浴巾，把那条带有污迹的浴巾一把抓了回去。她总觉得健身房的旧浴巾，漂白剂用得不够，散发着一种汗臭都没洗干净的味道。可这次总不是矫情吧？再说，许多排在她前面的人，都第一时间选了新浴巾，如果她接过服务员递上的旧浴巾，差不多都有问题，当然酸臭味、破损或污迹就难免了。既然别人都能挑，可为什么到她这儿，就不能挑或换呢？各种缩减开支，干吗要她这种新会员承担？

她心里很憋屈，有两天没来健身房。可情绪却越来越糟，她意识到躁郁症要卷土重来。这从上中学开始就没真正远离的魔鬼，总定期访问，各种掩饰只能使情绪更加恶化。身体也开始强烈抗议，全身就没有一块肌肉不疼，眩晕一阵阵袭来，视力与判断能力也在下降，看到的一切都灰蒙蒙的，就好像褪了色的旧照片。就连记忆也变得非常不确定，她的运动水瓶，还能放在哪里，出门前总找不到。她好像能看得到它就在那儿，前一天，她明明把它带回家了，可满世界也没翻出来……

现在比任何时候都更需要运动，她只好又硬着头皮回到健身房。

<h1 style="text-align:center">五</h1>

他就在这个时候出现在大镜子里的。

她看到他戴的那个又圆又小的钢盔，样子有些滑稽可爱，他的慢条斯理与早晨的各种紧张慌乱，暗藏的硝烟，有更明显反差。他的出现，像潮湿的雨天透进的一股清新的凉风，她马上感觉一丝清凉愉悦。

说来不可思议，每天早晨六点一刻，小钢盔的准时到来，让她觉得整个健身房的气氛都不一样了。这一米八五的大高个子，她想至少得有一米八五，看着怎么就那么顺眼。新加坡这五百来万人口的小国，多数华人个子偏矮，她这一米七五的高个头，即使不胖，看上去也像一头大骆驼。这个高度是非常尴尬的，当模特太矮，找对象又实在太难。前任转，还不就是转在高个子上，把她拿捏得服服帖帖。现在，她心里有了这么一点点期盼之后，每天早晨起床和健身，都不再那么痛苦了。而且这种期盼的莫名神秘感，比任何甜蜜幻想，还让她提气。

她每天抻拉完，就到跑步机上去慢跑，较早使用跑步机的人基本预热完，都下去拿铁了。跑步机偶尔还很满，没有空位，她就骑车。实在没位，她就再退回抻拉区，那里有一个吊起来的拳击袋。她只要全力以赴连踢带打，坚持五分钟，就开始流大汗了。持续出汗，"盐粒子"让身体分泌出的多巴胺，慢慢取代其他的焦虑因子，每次都能让她从抑郁焦虑中挣脱出来。

跑步机正对着拿铁区，她跑步的速度很慢，一小时五千五百米，她一边听音乐，一边看他拿铁。这样的距离，她不需要偷瞄，不用窥视，抬起眼睛随便看，简直可以大大咧咧、明目张胆地看，谁也不会注意到她是在观察他。不过她还是很小心，她不想被他注意到，就目前的状况，她很害怕被任何人搭讪。

有一次他们的目光对视了，他看着她，有几秒钟，她的心跳随着跑步速度加快而加快，她很快就把目光挪开了。她赶紧低头看手机，看过一会儿手机，她又把目光挪回去看他，他也在看手机。他用手捂着耳塞，正在低声说着话，她很奇怪，别人说话好像故意让全世界知道，反正谁都能听得到，只有他说话的声音完全听不到。他说话的声音一定非常温柔，那是一种什么样的声音呢？男低音？男中音？从远处看不清楚他的眉眼，即使真走到近处，她也不能正眼盯住人家看吧。从这个距离看他，确实和一般金发碧眼的洋人不同，他的头发是深棕色的，稍微偏黑，眼睛不是蓝色，不是绿色，应该也是深棕色的。他的皮肤黝黑黝黑的，不像意大利人或法国人那样黝黑透亮，更像皮肤颜色本来就是棕色，又常晒太阳晒出的黝黑。他的肌肉线条非常清晰，像是没有一处多余出来的肌肉，速干T恤衫透出来的胸肌和腹部轮廓，隐约看到肌肉的块状分区，动感十足，透着力量。她猜他可能更像西班牙人或墨西哥人种，说不定是西班牙人与美国白人之间混血的那种，黑里透着暗红色的棕色，她知道棕色的安全性，特别是在这里。

能问他是从哪里来的吗？她想。

肯定不能问。早晨健身房就这么几个人，一个抬头不见低头见的地方，任何人都在众目睽睽之中，特别是问他是哪国人，撩哥嫌疑太明显了。看看周围的人，谁跟谁都像没关系似的，谁跟谁都不说话，连个打招呼说早安的人都没有。有位马来大叔，倒是跟谁都打招呼，可明显看出许多年轻人很鄙视他，对他爱搭不理的。她也至多不情愿地应酬回大叔一声。她其实不想跟任何人搭讪，更别说深聊。她很清楚，让任何人知道她现在所面临的困境，都只是给别人更多机会欺负她。本地人常说，文明的重要标志之一，是彼此尊重，那还不就是彼此之间要保持距离，敬而远之吗？男朋友提出分手时，提得那么文明和自然，也许已经酝酿很久了，只是没合适机会提出罢了。这段时间给许多事情或情绪都找到了合适的借口，文明有时和借口一样无法区别。当然借口与出口，也难以鉴别，谁知道是不是一种转机。

她与前任以前是一周见一两次面，矛盾冲突，即使不适或嫌弃，也不那么明显。这段时间，要么得二十四小时腻在一起，要么就根本见不上一面。因此这样的关系，要么结婚，要么散伙，当然也不是坏事。至少很快就解决了很多人张不开口，又难取舍，模糊不清的鸡肋问题。只是，她还是不太明白，政府规定身份证上不同地址的两个人，不能同时出现在一个地方，这种规定有什么意义。如果这样，奶奶要帮儿子照顾孙子怎么办呢？难道还得把房子卖了吗？或者把身份证的地址改了？这可能马上涉及自己的房屋，若空置不住的上税问题等。她想不明白，也不觉得这些与她自己的问题有何关联，却又无法停住胡思乱想，想问问别的情侣都怎么解决的，又不好意思问，找不到结论的时候，就稀里糊涂被文明分手了。这就是文明的后遗症，这些想知道的，没有机会问，想说清楚的，没说清楚，各自积累郁结在胸口……

回到眼前，算了，还是不要问他是哪里人了。就算问了，然后说什么？你住哪里？这么小个地方，健身房里每个人都听得见、看得出，她一定是在撩他，之后就会有数不尽的鄙夷眼光，想想都无比尴尬……

六

她一边琢磨，一边拿起浴巾，扫视了健身区，至少三遍，到处都没有空位，只有仰卧起坐的长凳暂时没有人用。她就朝长凳走去，走到一半，焦渴突然袭来，想喝一口水，她明明记得自己的水瓶是满的，怎么没喝就空了呢？她又折回头，去入口处附近的咖啡间倒水。

　　早晨没什么人接冷水，她拎着一满瓶冷水，从咖啡间出来，才想起怎么没先喝一口。她又拧开水瓶，灌了一口冷水，非常清凉滋润，一股凉风直通到胃，她感觉清醒多了。她顺着过道朝仰卧起坐的长凳走去，却发现他正在用。她停在不远处，再扫视一下周围，还是每台健身器材都有人占着。这些人，都比机器更像机器，都在互相视而不见中，面无表情地做着非常机械的动作。她不知道该不该退回到抻拉区，跑步机和自行车也都没有人要停下来。她原本想再去拿几个不同分量的哑铃，搬一个重量墩子什么的，在这条长凳上就可以练练手臂、腰腹什么的……

　　就在她踌躇不决时，他坐起身问她："你要用这个吗？"

　　她没出声，只点点头，就把头低下了。

　　"你稍等，我就好了。"

　　她想过那么多次跟他说话的场景，她等着他开口说点什么，不过没有一个设想与这样的开始相似。她感觉有些窘迫，低头看见自己微微松懈的腹部，赶紧吸了一口气，把凸出到健身衣以外的赘肉，赶紧收紧一点。

　　"没事，没事，我不着急……"她局促地说。

　　她没有离开，也没有躲闪，就这样站着，看他坐起来，又躺下，然后朝左侧扭一下腰，躺下再起来，又往右侧扭一下腰。

　　这是一个很好的方法，她自言自语道。不知为什么一阵阵焦渴冲击着她，她赶紧拧水瓶，却怎么也拧不开。她的脸都憋红了，燥热卷出火苗，炸到头皮。她终于拧开了水瓶，一口冰水泼向火焰，继续泼，一直泼下去。她在心里数着一、二、三、四……这是上次那位老大夫教她的一个比较有效的方法，数数。一般数到十二下，大约二十秒，火焰开始弱下来，继续数到三十秒，凉风就到胃了，她才能集中精神。

她看见他的速干T恤衫下隐约露出外形的块状腹肌，随着他肌肉运动的方向，绷紧，放松，就像是一片片会开会合的花瓣。她停在那里，进入一种局部的幻视……花瓣散开又合拢，慢慢地浸湿，像被小雨轻轻吻过，一点点融化，刚才模糊一片的混乱与燥热淡静下来。

"真的好看……"她在心里说，也可能说出了声。

"哎！早上好！"马来大叔从她身边经过，照例找机会与她搭讪。

"早！"她没抬头瞧大叔，只应了一声。

"你在看什么呢？"马来大叔问她。

她没吭声，这还用问？她觉得马来大叔就是没正形，简直成心说废话，还跟谁都不忘记说废话。说来也怪，他并不紧张，按部就班地做好每个动作，一看就是注重细节的人，就像一位教练在示范标准动作。旁边的人也没有谁停下来八卦，或者注意到她正专注学习。她看他皱紧眉头，专注于坐起来时绷紧每一块腹部肌肉。

"我好了，你来吧。"他说。

"哦！谢谢。"她努力提了提嘴角，算是微笑。

她铺好浴巾，准备开始，长凳被他调到最低状态，这是给腹肌已练得相当不错的人用的角度。她有点犹豫不决，担心自己躺下去，倒挂着，万一起不来怎么办。

"你可以的，试试看。"他说。

"他就站在我身后吗？"她有点不好意思回头看。

她努力把脚勾上去，身体躺下了，她感觉血一下子都倒流回大脑，刚才的眩晕反而消失了，不过混乱的思绪，顿时更加混乱，脑袋嗡嗡直响……她挂了十几秒钟后，嗡嗡的响声慢慢消失，脑海一片空白，苍白中，有些东西，她说不清楚，也描述不出来，可能是意识，对！是意识渐渐恢复。

就这样倒挂着也不错，她想。

"你慢慢起来，越慢效果越好。"好像是他在轻轻地说。

她使了使劲儿，腹部刚要绷紧，腰部突然抽了一下。腹部完全没有力气，一点劲儿也没有，她开始担心自己以前闪过的腰，再闪了就肯定起来不了。这样硬起，腰最容易伤了……

她担心的尴尬事情还是发生了，她真起不来。

她又往上挺了一下，腹部像痉挛一样疼，这种疼痛很快蔓延开来。她开始觉得头皮刺痛，像无数闪电般的匕首穿透她。燥热又涌到脸上，火苗已经蹿出来，烤得她脸发烫。这次比刚才更加猛烈，她憋足劲，再往起挺，可怎么也起不来。她开始流汗，"盐粒子"滚到了眼睛里，痛得她睁不开眼，眩晕又再回来，她感觉健身房都在倒着旋转。她倒挂着，不敢睁眼，可又想看看周围有没有人，她需要别人帮忙才能下来，实在太尴尬了。她开始流泪，也许是汗，更多"盐粒子"刺痛她的肌肤。她开始恨自己逞能，如果是零度仰卧起坐，应该没问题的，接近挂钟的角度起坐，还真是只能任凭自己痉挛疼痛。剧痛很快蔓延到身体的每一个部分，她开始浑身哆嗦，血都冲撞到头部，血管开始"怦怦"跳动，胀痛从头顶裂开。

她就这样挂在那里，身体僵持太久，腿开始发麻。她还是起不来，又下不去。她的脸慢慢憋得紫红，她就要窒息了。

"别着急，慢慢呼吸，先放松小腹。"那个声音，是的，就是他的声音。

全身肌肉痉挛，会引发呼吸道痉挛，如果呼吸道闭合，就非常危险。就像钢铁侠，他紧张起来，也得躺在地上，抱着纸袋子喘气，所有强大威力瞬间殆尽。她以前只经历过一次，是一次考试，幸亏学校校医经验丰富，不然，那次就差点因窒息而死。她再次无法呼吸，濒临死亡，也不过如此猝不及防。她又听到了那个声音，她从茫然的一片空白中，一点一点循声而去。那个声音引导着她，先集合一个自救意识，再集中所有意识，都来支持自救。她一遍又一遍在心里告诉自己，放松，放松，放松……

凝固的血液，好像开始流动，她渐渐恢复呼吸。

"Are you OK？"

她想说她不 OK，可她说不出话来。她的"盐粒子"继续滚落时，她的身体开始变得柔软了，她感觉有一只温暖有力的手托起了她，从后背托扶着她。

"谢谢你！"她在心里说着，她张了张口，却仍然发不出声音。

七

她的意识终于慢慢恢复了，她发现自己躺在长凳旁边的地上。

　　像是那些运动过量的人，偶尔趴在地上休息片刻一样，人们在她旁边，走过来，走过去，并没有人注意到她。她重新闭上眼睛，她明明记得是他的手辅助过她的。现在他在哪里？是不是在她视野不可及的某处看着她？她不敢睁眼，她想象着他的眼神，又害怕看见他的眼睛，更害怕周围人的眼光；她想象着周围的人们，会怎样八卦这件事。乱七八糟的思绪，随着意识渐渐清晰，又都回来了，就好像一片片羽毛，淡得看不见，扫到皮肤上的瘙痒，竟然弄得人全身不舒服，不自在。燥热感，就是这恼人的羽毛，一遍一遍扫着她全身。

　　她想健身房一定是个是非之地，可能比办公室还是非。谁在乎呢？她又想。我又不认识他们，她感觉自己说出了声音，吓了自己一跳。人与人之间，距离稍微近一点，都会有人八卦的。刚才的羽毛又开始轻扫她，一遍一遍，让她感觉又燥热，又奇痒无比。

　　他在哪里？刚才不就在我旁边吗？我刚才的样子一定糗透了。她很想关照一下自己的形象，却发现实在力不从心。

　　她平躺在地上，全身动弹不得。她想退缩成小人国里面的人，那样就没人注意她了。其实，现在不也没人注意她吗？两个声音充斥在她的思维里，交替出现。最好找个地方藏起来，她还是觉得藏起来更安全。

　　"盐粒子"就这样洒了一些又一些，她像虚脱了一样，一点一点失去了重量……

"Are you OK？"一个女生的声音，一只柔软的手正轻轻拍打着她。

"她可能虚脱了，要不要叫救护车？"好像有人在说。

"那是她的水瓶吗？拿过来，给她喝一点水。"

她听到更多声音，感觉周围都是脚步声。她微微睁开眼睛，看见头顶上方有许多脸，余光中还有许多脚，就在她周围。她闻到了人密集后的汗酸味。

"喝点水吧。"有人扶她起来，帮她托着水瓶。

一股凉风直灌进胃，飘着的羽毛，一片一片落了地。

"我没事，可能太累了。我好像睡着了。"她说。

"不，你晕过去了。"

"你没摔到哪里吧？"有人关切地问。

"没有，没有，我没事。谢谢你们！"

他呢？他怎么没在，他明明扶着我起来的。她还是有点头晕。

"没事就好，早点回家休息吧。"服务员——那个新来的女生，把她扶起来，扶她到更衣室坐下，递给她一瓶运动饮料。

"你可能低血糖，你出门要小心，得带运动饮料备用。"

她接过服务员送来的运动饮料，喝了一口，又喝了一口……

八

从上次健身房事故后，她就开始特别注意运动安全了。她知道自己必须加大肌肉的力度。要摆脱躁郁症的折磨，除了早上健身，医生建议她一定要恢复夜跑。要不是这一次差点毙命的晕厥，她还没意识到自己其实已转重度了。她需要流淌更多"大盐粒子",除了药物,她需要调动所有一切来自救,不论多巴胺、血清素,还是肾上腺素……

每天晚上九点,她从公寓的另一侧门出去,穿过一条马路,跑到新加坡河畔。河畔灯光又亮了起来,至少四十五分钟。她沿着新加坡河的中心部分跑,只要时间充裕,就跑一个小时。新加坡河波光的清灵驿动,洗刷着她堆积心头、涌入胸口的燥热。她找到了一份兼职工作,薪水有点少,以前她会觉得不值得做。现在,工作算活着的一种责任。为这份工作,她必须打起精神,收拾好自己,整装待发。她最终没有搬家,因为东西太多,实在无法取舍。

就这样,每天同一个时间,风雨不改地奔跑。她沿着新加坡河,经过罗敏申码头、克拉码头,绕过莱佛士铜像,穿过新加坡最古老的爱琴铁桥,经过富丽敦酒店那些维多利亚时期的巨型石柱,在红灯码头再转弯跑回来。到家后,她再让"盐粒子"流淌十五分钟,冲凉休息后,正好进入睡眠状态。两年来药物都没根本改善的失眠,整夜无法入睡的恶劣状态,夜跑一段时间后,慢慢缓解了。

不过,运动带来的起色,竟然在一瞬间崩塌,使人猝不及防。

那晚经过克拉码头时,她看见了前任坐在河畔酒吧。竟然在很远处就看得清楚,她的视力也在恢复中。真糟糕,她还看清了前任身边的那个女孩。她以为她不会再受到任何刺激,毕竟都过去那么久了，况且分手得自然而文明，可燥热感很快又袭击了她。

她先是感到胃部痉挛，疼痛很快卷着热浪往上翻，随之而来的是呕吐感。她强忍住各种不适——恶心、眩晕、痉挛的剧痛，可一切都势不可当，迅速蔓延开来。前任只轻蔑地瞄了她一眼，并没有招呼她，还叽叽咕咕在旁边的女孩耳边说了些什么。两个人嘻嘻哈哈的大笑声显得格外刺耳。她仿佛被一群黑压压的蝙蝠袭击，眼前一片漆黑。她本能地把眼睛闭上，脚下立刻深浅难测，窒息感再度袭来。

这种突如其来的刺激让她感觉周围的任何声响都是巨大的噪声。她努力睁开眼，又瞄了一眼那个女孩。"人家就是优秀啊。"她想。那个女孩脚上穿着性感纤细的高跟鞋，在黑暗中闪闪发光，甚至刺眼。跷着的腿，白白的、长长的，象牙一样磁性的诱惑，让人很难把目光移开。她像被一群蝙蝠的利爪一片一片撕扯着，每一片都带着血、带着嘲讽。

更猛烈的眩晕感再次冲击着她，她已经支撑不住，就要倒下……

一个声音从后面传来：

"呼吸，保持呼吸，数着自己的呼吸。一、二、三、四……往前跑，继续往前跑，不要回头。"

这是他的声音，她已经很长时间没听见这个声音了，她知道这是他。她不记得有多久没看见那顶又圆又小的钢盔了，这是小钢盔浑厚的声音。

"不要回头，一直往前跑。"他重复着。

她听到那个声音慢慢追上了她，她数着数，专注于自己的呼吸上，呕吐感慢慢消退。她没有回头，继续跑着。她在自己的余光中看见他就跑在旁边，不免一阵狂喜，痉挛带来的疼痛也在逐渐缓解。她在心里继续数着呼吸……

"你也跑步？"她终于能开口说话。

"你跑，我就跑。"他没有看她，"重度抑郁？"他像是在问她，又像是在判断。

"嗯。很久都没再见到你了……"她还想问他，那天他去了哪里。

"以后，我天天陪着你跑。"他侧过脸，河畔的波光映在他眼睛里，柔软又闪着亮光……

九

她只想给他找个地方坐一会儿……

是的，她只想有个人说说话，一个安静不被打扰的地方，一个十点半不被催促离开的地方。她带着他，从门口到客厅，再从客厅到摆满各类物品的卧室。这些都是要搬家时想扔又无法决断扔不扔的东西。这世界的每一样东西都似乎有用，但又都没用。四个大大小小的行李箱挡住他们的去路，躲来躲去，还是撞倒了两个。一地花盆花瓶，里面都是枯死的植物，或已经成了干花，散发着一种潮湿的霉味。有几个大垃圾袋子堆在沙发上，里面都是要送童子军捐助站的衣服、被褥，可是今天拖明天，明天又继续拖下去，最后就越堆越多。还有一地鞋盒子……

她只想给他找个地方坐一会儿，却连个下脚的地方都没有。一转身又踩到一个鞋盒子。打开一看，盒子里的鞋，细细高高的玻璃跟，漂亮的黑色漆皮闪闪发光……她一次都没有穿过。"难道你要当长颈鹿吗？"前任调侃过这双鞋。

她合上鞋盒，像个犯错的孩子，喃喃地说："明天，明天，我一定把这些都清理掉……"

他捧起她的脸："你要相信没有人比你更了解自己，包括大夫。"

他不只声音是柔软的，他的手也绵软有力，轻柔地撩开遮住她眼睛的长发，轻轻地帮她把汗水、泪水拭去。

"对于多数人来说，包括大夫，钱可能比什么都重要。"他说。

他凝视着她的眼睛，她的双肩开始颤抖。

"我看不见光，我的前面像是一堵又一堵墙……"她终于说了出来，那些她总也描绘不出来的感受一直像无边的黑暗，让她感到窒息。

他把她轻轻搂在怀里，前胸紧紧贴着她。她感受到这些肌肉，比她在速干 T 恤衫外面看到的更丰满有型。她不由得紧紧地抓住他健壮的手臂，好像握住了一座山。她很快被大山抱住。她把脸埋在山峦中间，强忍住从胃里搅动出来的酸楚。

"你要一道一道闯过去。记得，只有一件事情是重要的。"他像是对她说，又像是在肯定自己的判断。

"只有一件事情是重要的，那是什么？"她问。

他身体散发出汗水与古龙水混合的味道，竟然这样清新熟悉。

她想。

"不是道德，不是良心，不是口碑，不是名誉，不是金钱，甚至不是爱，不是家庭，不是孩子，不是伴侣……"他一口气，说了好几十个不是……

"那是什么？"她继续问。

她的思路跟不上这么长一段话。她一再被身体的各种意识打断：这味道为什么这样熟悉？这好像是前任忘在这里的古龙水的味道？也许是同一款香型？她深深地呼吸着他。

"什么是最重要的，你自己要最清楚。"他重复着。这仿佛是一个没有答案的命题。

她任凭他把她推向山巅，再将她坠入谷底。任他将她一次次击碎，捣成碎末，再细细研磨……

"你要比任何人都清楚它是什么……"

"我不清楚。"

她哭了，她疼痛。越深刻的思考越是疼痛的，竟然如此疼痛。痉挛都是深刻的疼痛，她想。这样的疼痛来自肉体，也来自越来越清晰的意识或灵魂。这种透彻的疼痛让她收获着……更多的多巴胺，像一波波倾泻流畅的山雨小溪。

"你，不需要听从任何人的建议，你不需要看任何人的脸色，你不需要取悦任何人……"他的声音是柔软的、沉稳的、厚重的、坚定的，像一座座山一样不容置疑。

她就把自己埋进他的山峦深处，快乐地哭泣着。

这是她打开自己的方式，唯一的放松方式，漫无边际、敞开心扉地哭泣。像在浓郁的密林中，突然投射进来的一线光亮和一团清新空气。一、二、三、四……她心里默默地数着，一遍一遍地数着，仿佛数着数着，就看见了阳光。

"什么是最重要的，你自己要最清楚。"他像不断重复给自己听。

她喜悦地尖叫着，更多的"盐粒子"，随着山洪一再滚落下来。她一边忍住泪水，一边像一头小兽一样，无法抑制地号哭。

"哭吧！哭出来了，太好了！"他说。

她也因为能再度哭泣，再次感受到了发自内心的喜悦。

"数着自己的呼吸……"他不断重复着。

他吮吸着她咸涩的眼泪，更苦咸的汗水。时而轻柔，时而如暴风骤雨般，密集而紧迫……仿佛有一种宏大的力量，像要把她这一辈子受的委屈都吞下去。能量在千变万化中不断置换，像源源不断输送给她的氧气。这高能氧，让她在山峦中渐渐睡去，耳畔只有她和他的声音不断重复着：

"什么是最重要的？"

"一、二、三、四……"

十

她醒来的时候，房间已打扫得干干净净。一进门的小鞋柜上面，整整齐齐地放着那双玻璃跟的高跟鞋，黑色的漆皮更加闪亮。那些她犹豫不决、要扔又舍不得扔的各类物品，都已经不见了，好像根本从未存在过。洁净产生的空无，让她感觉自己像在空山新雨中，仿佛置身于世外桃源。

洗手间里，那个她一直舍不得丢掉的，前任忘记拿走的古龙水，已不知去向。也好像从未存在过，只有那熟悉的味道，还残留着淡淡的馨香，洗涤着清新的晨光。

她抬起头望着窗外，笑了。

她真没注意，嗅觉是什么时候恢复的，有多久闻不到任何气味，她真不记得了。不过，记忆似乎也没那么重要了。此刻，她像已闻到雨后的林中各种花草的芬芳，听见各种虫鸣鸟啼……

她不再留恋思绪裹挟的任何情境。她开始习惯从一天中最具体的一件小事做起，一点一点在荒芜与焦虑中数着自己的呼吸。一件一件事情落实，一个一个废墟慢慢消失。她从情绪到意识，都淡静下来。这两年，所有拥挤的、嘈杂的、喧嚣的，都像她无法决断是否要丢弃的垃圾一样，慢慢清空着……

她不再去夜跑，流感已经受到控制，一切生活恢复正常。

健身房彻底开放了，不再需要网络预订，不需要做任何扫码注册。健身房新近购置了许多新器材，一批新浴巾，散发着清新洁净的味道。她公寓楼下的健身房重新装修了。那位印度父亲，每天早上牵着狗狗散步。法斗每次看见她，都像遇见老朋友那样，总要停下几秒钟，蹭她几下，才扭着屁股跑开。印度男人会微微一笑，他的脚步，慢慢跟上了欢快的狗狗。

那个晚上之后，她好像没再见过他。意外的是，她也并没在意，就连这一段夜跑的日子，也像一个抽屉，在短暂抽取之后，就永远地关上了，并没有留下什么痕迹，也没有人被困其中。

她落实了一份全职工作，她不再需要数数，特别是数出声音。不过，她还是喜欢数着自己的呼吸，心里默念着："一、二、

三、四……"

百业待兴的新加坡，在流感中流失了三十多万人，许多人选择离开这个富足的岛国……

而她，却留了下来……

十一

早晨六点一刻，她已经习惯在抻拉区运动。她偶尔下意识地看看镜子……她记得，那个又圆又小的钢盔，有一点滑稽可爱……

戒指

一

杰克半夜三更把我摇晃醒，问我可不可以嫁给他？我困得睁不开眼睛，迷迷糊糊地问："我不答应你，你能让我回去睡觉吗？"

"答应我吧……"灯光好刺眼，我模模糊糊看见杰克跪在床边，好像一夜没睡的样子。

"这没月亮，没香槟酒，连个求婚戒指也没有……"

"你答应我，我就去准备。"

杰克突然跟我求婚，是在我们一次短期度假之后。具体原因不明，可能与度假酒店经埋当着杰克的面对我大献殷勤有关。在新加坡，即使在婚礼当天，取消结婚注册也不奇怪。可杰克选的时间，特别是没有求婚戒指，还是很让我怀疑他求婚的严肃性。杰克说完，如释重负，爬上床，头挨着枕头就睡着了。可黑暗中，我却睁着两只眼睛，无法再回到睡眠状态。

男生说"我娶你"之类的话，可能就是一句热乎时的好听话，我知道没有搞清楚状况前不能当真。不过现在好像有点复杂，虽然杰克没有信物，不过他若是认真的，而我还不想结婚，那就只能分手。

我在新加坡的 S 国际学校当老师，老外表面上很容易相处，从校长到学生都喜欢热烈拥抱，每天有数不清的熊抱。但热情归热情，老外把上班和下班拎得很清。节假日，我也不会与工作关系的人走得太近。暑假太长，我要提早计划看有没有可以一起出行的朋友。与男性朋友短期度假还凑合，长途旅行要 24 小时腻在一起，就好像过日子，我有点犯怵，也没尝试过。如果杰克不求婚，我们就是 AA 制一起过个周末，像偶尔度假一下的异性朋友。欢聚后，能"各回各家，各找各妈"，其实这是我很享受的一种理想约会状态。

既然杰克已跟我求婚，且问问看。

"今年，我打算回英国看望我的前前女友，去年没见到她，很想念。"

"去年怎么没见到呢？"

"去年和我的前女友去度假，不方便。"

"为什么你要去看望前前女友呢？"

"我们在一起那么多年，好像一家人一样……"

几周后是我的生日，这是我和杰克认识后，我过的第一个生日，看他打算送我这"未婚妻"什么礼物。

"生日礼物啊？你什么都不缺啊！包包你有那么多了，好表和首饰你也不缺，钻戒我看你也有好几枚呢。"杰克嘻嘻哈哈的，看我没接他的话，马上又换成一脸严肃。

"不然我给你个预算，你自己选？"

"为什么要预算？"

"你那么会花钱，我不定个预算，那我的钱还不都让你霍霍光啦？"杰克又回到嘻嘻哈哈状态。

"那您预算是多少？"

"一千吧？"

一般行业，刚毕业的大学生月薪也就两三千，一千新币确实不少。

不过，"远道的和尚会念经"，杰克虽是无产者，可年薪有三十万新币。他既没贷款，也没其他负担。他刚跟我显摆新买了一辆赛车型单车，九千多新币；约会时，价值不菲的手表经常换着显摆。他送前女友六千多新币瑞士表的生日礼物，应该也是男生的一种炫耀。

"杰克，您说得对。我真的什么都有，什么也不缺。一千新币，我看您也省下吧！"

"那生日当天，我请你吃饭。"杰克又回到一脸严肃。

"真对不起，饭局排满我生日前后三周，我可以给您往后排。生日当天的？我看就算了，咱俩还没处到那分儿上。"

求婚没戒指是个事儿，但现在已经不是戒指不戒指的事了。

二

被我甩掉的杰克，是我相处时间最长的男朋友。我和他是在"媒娘网"上认识的。学校是非多，我不愿找同事，抬头不见低头见，除了无聊，谈不成，搞不好就得换工作。比起纽约或东京这样的都市，新加坡人口太少，女性偏多。特别优秀或随和的女孩，中学就有男朋友了，最迟也在大学就有长远计划了。以前有位教授说过，最漂亮的女孩，轮不到找老外。当然，在以老外为主的国际学校，一直单身也不是个事儿。有时看到大学一毕业就结婚的朋友，没几年就挣扎在婚姻里，我还暗自庆幸没有操之过急。

只有我妈从不放过我，她觉得我长得不难看，工作收入也不错，找个合适的对象怎么那么难。她动不动就说："瘸驴都能配上个破磨……"

我知道妈妈的意思是：我怎么连瘸驴都不如。我不爱听，不过不爱听的话，直到后来也听不到了，我才开始积极行动。我还参考了一些教青年人如何交友的畅销书，有一本《如何定制伴侣》，作者结论是没有谁是一头"瘸驴"，只要懂得给自己设计一盘合适的"磨"就行。

听起来好像对路。我按指导步骤，先把未来男友描绘出来，再把"男友"放在钱包里，存入手机。经常拿出来念叨一下"订单"："金发碧眼、高鼻梁、大眼睛、英俊高挑……"

念叨很有效，这个"某人"很快就出现了，他的第一封邮件是这样写的：

"你的邮件好像你妈妈写的，为什么都是'她'如何如何？"

"怎么好意思使劲夸奖自己，比如什么'我'身材又好、人又漂亮的？"

"你用第三人称介绍，不是夸自己？还不是为把自己夸得不留痕迹？"

蛮有趣的人，他吸引了我的注意力。

新加坡人最忌讳给人介绍对象。有种说法，"给别人介绍对象七年不发财"。年轻人除了同学恋、同事恋，就数网恋最实惠。只是照片看得清楚、看不清楚都不算数，常有看起来像波斯猫，结果跑出来的是癞皮狗的。他倒不像"乔装打扮"的人，可他严肃的护照头像，看起来高不可攀。

一个星期天下午，我约"某人"在新加坡河畔一间露天咖啡馆见面。

沿河都是摇曳着的风铃木，清风徐来，粉红色的风铃木花纷纷落下，好像樱花雨一样。河面上漂满了"赤道樱花"，微波荡漾着两岸古老建筑的倒影，有些是英殖民地时期留下的。我选的这间咖啡馆，是由有两百年历史的河岸仓库改造而成的，古朴中蕴藏着历史的沧桑，别有韵味。我远远望去，阳伞下的河边咖啡座空无一人，只有一个人站在附近的河边低头看手机。远望此人，身材高挑挺拔。

我朝那人走过去，他正专注地发短信。我确定就是邮件上调侃我的那位：

"嘿！我想看看你会笑吗？"

他一抬头看见我，笑了，还露出两颗小虎牙和一脸孩子般的羞怯。他除了把我那张"订单"上的"金发"换成了"银发"，第一眼那个瞬间感觉，和我想象中的一模一样。我顿时窃喜。

这位"某人"叫杰克。

杰克一坐下，咖啡还没上来，他就打开话匣子，直接"竹筒倒豆子"。我还没来得及问任何问题，他已经一口气都汇报完了：

英国人，三十九岁，有一哥一弟一妹……在英国读完大学，就到挪威当海上石油钻井平台的建筑设计师。在法国、摩纳哥、澳大利亚……许多国家工作过，交往过好几个女朋友。从澳大利亚来新加坡工作后，和交往八年的前前女友分手了。她不喜欢新加坡，不想生活在一个四季炎热的国家。前女友和我一样，是新加坡人，不过她是土生土长的。他们交往了一年多后，突然被家长逼婚，杰克却还不想结婚。我是他恢复单身后，网上遇见的第一个女孩儿……

"你怎么闻起来一股大蒜味儿？"杰克说着说着，突然冒出来这么一句。

我正专注地听，琢磨着："他的头发竟然是银色，才三十九岁？记得他介绍上写的是金色吧？"一直插不上话的我，被杰克猛然跳跃出来的疑问弄蒙了。杰克一句话不说了，可我竟然接不上话，半天才窘迫地反问他：

"怎么可能？我又没吃大蒜！"初次见面的场面，怎么会突然变得这么尴尬。

杰克隔着桌子，身体往前凑了凑，皱着小眉头，光滑的下巴微微翘起来，特别高耸挺拔的大鼻子，上上下下耸了几下，一双大蓝眼睛眯缝着，来回扫了我几遍，我好像二维码一样，被扫描了一番。"扫描识别"后，杰克非常肯定地说：

"你就是一股大蒜味儿！"

我寻思了一会儿，不得不承认早饭后，我的确吃了一颗预防心血管病的大蒜精药丸。但是我出门前明明刷了牙，我还用了漱口水，吃了好几粒薄荷口香糖。不可能被闻到大蒜味吧？我想起"订单"上的"坦诚，不油嘴滑舌"，后悔没有把它写成"含蓄，有分寸"。

杰克却"哈哈"大笑，颇为得意地说："原来是这样啊，那你就不只是呼吸有大蒜味儿，你全身的毛发和皮肤，都可能散发着大蒜味儿呀！"

我难为情得恨不能找个地缝儿钻进去。

杰克却笑嘻嘻接着说："这有什么啊，每个人都闻不到自己身上的味道。我可能睡着了以后还放臭屁呢！"

我"扑哧"一声被逗笑了，他却突然收敛了笑容说："我先把不好的一切讲在前头，好的，等你慢慢发现。"

杰克说，早上起床后常发现他的前女友睡到另一个房间去了，据说是不堪忍受他的臭屁。杰克的蓝色瞳仁明亮透彻，我好像透过那对瞳仁，穿越到了视线的另一端。越仔细看越深邃，却始终看不到尽头。怪不得外国文学作品经常用"深邃"形容男性迷人的眼睛。

约会回来，我的闺密智囊团，一致否决了杰克。

她们认为我有严重的"完美强迫症"，与杰克的说话欠考虑和不着调完全不搭。然而，这次恋爱专家们的集体否决，没起作用。

三

我亲手"定制"的男友，让我甩了。

闺密们都说我甩得对："太挑剔难缠，性格古怪怎么了？新加坡姑娘只甩人！甩得对！"

新加坡河畔的克拉码头，叽叽喳喳的朋友们正陪我一醉方休。

"黎萌萌，你就是太宽容了！杰克说要去看他前前女友时，你就应该翻脸！"

"就是就是！宽容不是不好，就是会被认为软弱好欺。"

"没有戒指，他就没诚意，没听说过这也叫求婚。什么怕买错了？谁还嫌钻石大啊！"

"你是个工作高薪稳定的自由人，怕找不到一起玩儿的？还有我们呢！"

"少相信男人的甜言蜜语，一不工作，丈夫出轨，不宽容又能怎样。"

我才注意到小 L 手上那颗黄钻戒，今天没有戴。不久前听说她在闹离婚，没敢问，也没空问。小 L 婚前被老公天天捧在手心，她结婚时，手上那颗金灿灿的黄钻石戒指，价值几十万新币，人人都羡慕小 L 金光大道。丈夫说只要小 L 为他放弃工作、相夫教子，他拥有的一切都有小 L 的一半。

"来，喝酒，喝酒，不说这些伤心的事情。"小 L 说完，大家都不吭声了。

"大家也关心你，到底能不能拿到一半家产？"

"我自己一个人带着两个孩子，拿不拿得到一半家产不提，这样家庭离异的，谁还敢娶？"

"就说我们几个，从 K1 到现在三十年，都什么年代了，怎么也比稀罕新谣的父辈强吧？"

"算了吧！"小 A 顿了顿，"说新加坡女性地位高？都是假象。男人去'红灯区'爽爽的，既合法，也不寒碜。不信咱们几个抠个仔试试？"

小 A 和我一样，三岁来新加坡。从小她就总护着我，不怕当女汉子，也不怕别人说她是新移民。我妈说她的不婚主义对我有影响。

"还抠仔呢！我家的仔仔，都当我老板了！"大家一阵哄笑。

热闹的失恋初期过去后，剩下的冷清，就像雨季早晨的雾，很难自己消散，它必须等待太阳。

再回到单身，怎么消散孤单，都跟以前不一样了。突然少了一个想说说话，也可以说说话的人。要是他从未跟我求婚，周末至少还有个玩伴。闺密们说我那么在乎一个礼物，却不在乎失去送礼物的人，可能并不是真喜欢这个人。

"你爱他吗？"

"我……"

我竟答不出来。即使闺密们都说他已经够英俊了，她们说再丑的老外，也有高挑的身材撑着。记得我总嫌弃杰克的某些美中不足，还照着"订单"上的"金发碧眼"改造他……

"你是嫌我有白头发吧？"

"不是，不是，我就想看看你金发什么样……"

看杰克没继续揭穿我，我马上一口气买了金色、浅棕色和深棕色的彩发喷雾。一到家，我就让杰克脱了衣服，站在洗澡盆里，把眼睛捂上，对着他的银色头发猛喷一气。待烟雾散去，我总憋不住要笑，又不敢笑，赶紧咬着下嘴唇忍住。

他看着我："是不是特别难看？"

"不，不难看，就是……"我不敢说他像一只金丝猴。第二次喷出来的棕色更具戏剧性，杰克像戴了假发的大马猴。他眨着蓝蓝的大眼睛，看着镜子，我们都"咯咯"地笑个不停。最后，他一手捂着眼睛躲我，一手够着轻轻打我，结果第三种彩雾，我喷了他一脸一脖子，连浴室墙上都是。我笑得直不起腰来，他笑得支撑不住，直接趴在了地上：

"活脱脱像一只戴着黑帽子的猿猴！"

"爱不爱，这么简单的问题，还要想这么久……"

"……反正他也没爱上我。"

"那掰了就更没什么可惜的了。你们至多是在找方便自己的周末玩伴……"

四

周末吃喝玩乐的玩伴应该不难找。可话说回来，能吃喝到一起的朋友，也不容易。几位吃货女友，周末都太忙，我越来越不好意思约她们。跟杰克约饭，就会少许多顾虑。闺密们说得没错，杰克和我算不上恋爱。戒指，他"求婚"时其实就没打算准备；生日礼物，当然也就更不舍得送。

杰克第一次约我去他家，说是要做比萨给我吃。我客气客气，问他是否需要帮忙？他就直接告诉我早点去帮他切蘑菇、打下手。真让我去帮忙？我就犹豫了。那天傍晚杰克一会儿一问，左打一个电话，右打一个电话，一直问我到哪儿了。我磨蹭着还没出门，就一边拖延，一边撒谎。我骗他说，周末高速公路，堵车堵得厉害，车子堵得一动不动。

等我踏进杰克家，他一见到我，马上进厨房，立刻从冰箱里拿出一盘保鲜膜包好的、买来就已经切好的蘑菇片。杰克动作非常麻利，几秒钟工夫，蘑菇片已经码在擀好的比萨饼皮上了……

匪夷所思，很不经意会想起杰克，特别是他的这些小玩闹。

"也许我太计较了，生日礼物也不需要天天买……"

"别傻了！过日子，这也算，那也算，你就太累了！"

"我们夫妻吵架，基本为钱。同学时不觉得，婚后整天闹家务事。"

"你们俩还闹钱？"

"你不懂，我老公是马来西亚人，农村长大的骨子里都抠抠搜搜、小家子气，和钱没关系。"小 H 又补了一句，"千万不要找农村人。"

我劝小 H 不要这样给"农村"人戴帽子，英国人多数不就是"农村"人吗？记得头一次陪杰克去超市买日用品，我刚拿起平时喝的美国加州鲜橙汁，他"噌"地一下就给抓了过去，把它放回冷藏货架。杰克嫌这种鲜橙汁太贵，不买。我不喝他那种便宜的加糖橙汁，所以那个周末就没喝橙汁。

杰克再约我去他家时，我告诉他我正犹豫要不要自备橙汁。之后有好几个周末，我们各喝各的橙汁。最终，杰克换成了我喝的那种橙汁。我还挺高兴，以为他迁就了我。结果杰克说我的橙汁没喝完，很浪费，喝完他的加糖橙汁，再喝我的新鲜"苦"橙汁，实在难喝。

现在，他应该换回自己的便宜橙汁了吧？

五

一天中午我刚下课，就收到杰克一条请我吃饭、为我补过生日的短信。

我和杰克再次见面，有一种很奇妙的感觉，好像两个完全陌生的人，我们重新认识了一次。好几个月的怄气分离，让我觉得什么小气不小气、定制不定制的，有个人可以一起吃饭，都是美好的。

我打开迟到的生日礼物，一款优雅且设计独特的手表，很有品位的长方菱形，弧形水晶表面，粉红金色配黑皮表带。像再次见到杰克、失而复得的喜悦，原本在乎的什么礼物，什么牌子，什么价钱，此刻什么都不重要了……

我望着餐厅窗外滨海湾的夜色。维多利亚时期的古老建筑，在新加坡河口的亮丽激光下，更显温婉高贵。身披霓彩的鱼尾狮，喷吐出道道彩色水幕，温和地抚慰着此刻，这些日子的疏离，使此刻更加珍贵……

杰克彬彬有礼，与服务生低声嘀咕着，我猜甜品可能是生日蛋糕。一位菲律宾男服务生抿嘴笑着，微微躬身递给我一把极小的茶匙，给杰克一把特大的汤勺。

这是做什么的呢？我需要用小小的茶匙，要挖出什么呢？杰克得意地故作严肃，假装不看我，偷瞄了我两眼。我在猜甜品是什么，突然意识到，杰克鬼主意多，蛋糕里会不会藏着戒指？那可能是一枚怎样的戒指？

这醉意，这光影，这星月海湾与河畔水雾……都像梦境虚幻……无论怎样的一枚戒指，我都会尖叫，然后捂住脸，落泪……说我愿意。

"你看这个甜品像什么？"杰克狡黠地闪着长睫毛，一脸坏乐。

一片羽毛状的白色巧克力，轻巧地嵌在半个鸡蛋形的咖啡色巧克力冰激凌上，被削成丝丝碎屑的白色巧克力，像雪花、像羽毛，散落在冰激凌和盘子上，蓝莓、红梅、黑莓点缀在四周，一道非常有诗意的精美甜品……我还在猜冰激凌化了以后，会不会……

"像不像一片羽毛落在一坨屎上？"

我从梦境中被唤醒，偌大的西餐厅里，烛光下一对对恋人……或许像我这样在梦幻中，正享受此刻七十二层窗外的美景，沉浸在夜晚静谧而浪漫的情绪里。我听见有人嬉笑，赶紧低下头，不敢去看有多少愕然或奚落的目光，也许正投向我们。

"整个美好的夜晚，都让你这坨屎给毁了！"

我礼节性地微笑着，看着杰克露出初次遇见时那个孩子气的笑容，努力想把他的搞笑与此刻搭配起来……

这个"羽毛落在一坨屎上"的晚宴，使我开始了解"杰克装牛逼"（我把杰克的英文名字 Jack John Newby 直译，故意按音译顺序来调侃他）式的"浪漫"。

六

日子回到每周末我与杰克见一次面的常规状态。

闺密们大失所望后，没人再感兴趣知道我们还有没有下文。只有小 A 偶尔会说，我其实更适合这种只欢聚周末的"婚姻生活"。

我出国参加一个国际学校教学经验交流会，回来时在新加坡机场接机出口，杰克面带微笑，单膝跪在大庭广众之下：

"你愿意嫁给我吗？"

"哦，天哪！"我情不自禁地捂住脸……

杰克随即打开一个蓝色丝绒戒指盒，我看到盒子里嵌放着一枚"永恒的戒指"。西方国家夫妻结婚十年，生了一堆孩子，丈夫会送妻子一枚这样的戒指。有点像指环婚戒，上面镶嵌了一圈碎钻，有九颗或十颗，象征着永恒与完美。

我口头答应了杰克的求婚。

对于杰克的求婚，我着实意外，特别是他送的这枚求婚戒指。不知道为什么，我还是没办法把杰克的求婚当回事，回家后，我就把戒指摘下来，随手搁抽屉里了。

这枚戒指意义在表达"永恒和完美",却给我一种强烈的"非正式"的感觉。杰克这一回一回的,是把求婚当儿戏了吗?

我在想我还要不要继续陪玩下去。

七

最近,每天早上我开车上班路上,本地新闻都在讨论一个热门话题:新加坡的结婚率和婴儿出生率为什么在逐年下降……

新闻分析,按照目前的人口负增长速度,一百年后,新加坡就没有人了。我觉得没必要担心,反正有我这样的一代又一代新移民,新加坡还有什么不能进口?

不管政府怎么嚷嚷,结婚要谨慎,连同居都要小心。看看有些同事朋友同居太久,无法继续"爱"了,但又分不开,比单身还辛苦。还好,从一开始交往,我就假借我的公寓出租给了女房客,不方便带男生来家里,导致杰克从未来过我家。我一直很在乎邻居的眼光,也怕任何关系藕断丝连,更怕自己不知不觉,把青春或激情浪费在习惯上。

学校突然有个巨大骚动,弄得人心惶惶。

有两位年龄与我差不多的同事,几乎同时检查出癌症晚期。一位是皮肤癌,就是皮肤上的一个不痛不痒的小凸起,生命就开始倒计时了;另一位和我同岁,孩子才两岁,偶尔听她说嗓子不舒服,轻微咳嗽,发现竟然是肺癌晚期。

空气顿时紧张起来,许多同事开始发现身体都有点不对劲。整个中学部的老师都在悄悄体检,结果又查出两个癌症。这下可引起了情绪骚乱，大家议论纷纷，到底为什么突然出现这么多癌症患者。

今年我换了间新教室，本来就觉得装修后的气味重。现在这"癌症多发"原因不明，弄得我情绪严重受影响，我觉得癌症是种传染病，我很想也去检查一下，至少可以安心，可我又很害怕检查出什么来，什么都不知道，反而比较没负担。

我的基因实在太不好。我爸死得早，他倒在手术台边时，我两岁；我妈，一个肿瘤医生也治不好自己的病。他们都是累死的。最糟糕的是，我一累或情绪不好，嗓子就红肿发炎，刚刚好点，就又发炎。最近这三个月，喉咙持续发炎了六次。

可杰克还总调侃我，说我是焦虑造成的频繁发炎发烧。我可能是瞎紧张，杰克也太缺乏同理心了，从不嘘寒问暖。我们的周末之约，我开始一而再、再而三地借口需要休息推掉了。

我觉得约会可有可无，不如在家休息。闺密们都说这是上次的失恋后遗症，只有小L说我是婚前恐惧症。杰克都没正经求过婚，连个正式的求婚戒指都没有，我们没有谈过什么具体的结婚计划，哪有婚前？

怕什么就来什么，我这次嗓子发炎持续的时间最长。我沙哑得特别严重，声带水肿无法闭合，完全发不出声音。大夫说必须彻底噤声，完全闭声休息两周，等待所有检验报告出来。不然以后可能会落下个公鸭嗓，留下病根就难治了。

很快有两项检验报告出来了，我着实吓慌了。在鼻和咽喉交界的地方，发现一个小小的真菌过度繁殖后形成的结节，就是一个小型肿瘤。这让我手足无措了好几天，原因和性质不明，有待进一步检查。我请教了妈妈的生前好友 X 叔叔，一位耳鼻喉肿瘤专家。

杰克和我又有好几周没见面，这次生病尤其还不能打电话。我意识到，我竟然没有把可能得了癌症的坏消息告诉他，当然，我也没有告诉任何人。可他现在毕竟离我最近，他是我最想逃避、最想隐瞒的人吗？

反正万一有什么事，杰克最不必参与吧？

八

我一个人坐在与杰克第一次约会的河边咖啡馆。

河畔的风铃木花正在盛开，满树粉红色的花朵。远远望去，如樱花一样灿烂。一阵清风，落英缤纷，河面上漂满粉红色的花瓣，粉红色的河水轻轻荡漾。此时此景，就如同我们初次见面的那一天。

岛国无四季，时光飞逝得悄无声息。只有风铃木花，这赤道樱花，花开两季。不知不觉，我在这里已经三十多年了，有一点血缘关系的人在中国，可我不太认识他们。而今，我就像这"赤道樱花"随波逐流，永远是个边缘人。

风铃木花一次次绽放，才意识到我和杰克在一起也竟有好几个花季了……

医生给我开了两周病假，让我等待检验结果。杰克一直想要见面，我只好把医生的病假条拍照给他，他送来的鲜花上写着：

"亲爱的，快点好起来！我需要你的阳光！"

我不觉得自己是杰克的阳光，或任何人的阳光，可他再三要求见一面。我想就借这个机会，把那枚"永恒的"求婚戒指还给他。

常去的星巴克，今天人特别多。杰克好像瘦了一圈，他紧紧地拥抱了我，没有说一句话。他转过身，向服务生要了一支笔，拿了两张纸巾。

"我非常想你。不能打电话，又见不到你，真难过！"他比画着，继续在纸巾上写着，"要是我们结了婚，我就可以照顾你了！"

杰克一笔一画写下这一行字，手指颤抖着，大蓝眼睛闪动着，他抬起眼睛，长长的睫毛上挂满泪花。我的鼻子突然一酸，心里每个不曾被触摸的角落，都开始柔软起来。我赶紧把一直攥在手心的那枚戒指，放回了牛仔裤兜里。

"你可以说话，我耳朵又不聋。"我拿起笔写着，心想逗他乐，却突然落下泪来。

"不，我要体会一下，你不能说话的痛苦。"

"现在我只想和你多坐一会儿。"咖啡已经喝完了。

"好，我去买一个马芬蛋糕。"杰克起身去买蛋糕，我把"永恒的戒指"又从裤兜里掏出来。

"我可不可以在你的蓝莓马芬蛋糕上挖个坑儿？"我攥着这枚戒指，递给杰克：

"还给你吧！我可能得了癌症，有两位大夫这样诊断的，我只是等最后活检报告确认。"

"什么都不要说，萌萌，不管你有事没事，咱们明天都去买一枚钻戒！"

杰克大颗大颗的眼泪落在我的手背上。他从我手中接过戒指，不由分说地把"永恒的戒指"戴在了我的左手无名指上。

九

我是"死里逃生"的奇迹，或者"死而复活"的传说。

活检报告出来了，全身的检验报告都出来了，癌细胞还没有扩散到其他地方。不过这个真菌结节，确实是一颗正在迅速发展的恶性肿瘤。

两位大夫确诊无误，不过，只有 X 叔叔找到了造成它生成的原因。

我的喉咙频繁发炎，家庭医生也频繁使用大剂量抗生素，造成正常细菌指数严重失调。大量真菌迅速繁殖后，很快就形成了这样的结节，这是在极端情况下产生的"恶性肿瘤"，而且长得特别快。幸亏没有使用另外两位大夫建议的常规肿瘤疗法，不然我可能很快就死于癌症治疗。现在有多少人是死于癌症治疗的，无法统计。X 叔叔仅给我使用了消除真菌的药物，方法是否可行，尚不可知。

杰克和我惜时如金，三个疗程中我们腻乎在一起。不知是药物作用，还是杰克的陪伴，这颗越长越大、肉眼都能看得见的肿瘤，已明显缩小。劫后重生，我确实感觉自己捡回一条命。杰克欣喜地计划旅行，计划婚礼要提早安排，请他的几个哥们从英国来。

"你喜欢方形钻石，还是圆形？我不能再买错了。"

"我可不可以任性一点？"

"可以，要什么都满足你。"

"我想要一枚黄钻戒。"我把妈妈留给我那颗一点五克拉顶级心形白钻戒，给杰克看。

"哇！你妈妈是不想让你嫁人啊！"

其实说不上为什么喜欢黄钻，我不是想跟小 L 比，不过小 L 曾经在我面前摘下她的那颗比她手指还粗大的黄钻，漫不经心地炫耀：

"大家都在猜这颗钻石的价值，在中国二线城市，足可以买一间很漂亮的公寓。"

我没去猜它的价格，早就听说了……不是妒忌，可她说的这些听着怎么这样不舒服。我不需要漂亮公寓，只想要一颗漂亮的黄钻。

在乌节路的提芬妮总店，杰克满心欢喜，一眼就看上一颗价钱相当于他一个月薪水的黄钻。我刚想说太小了，一抬头正好看见杰克睁着蓝蓝的大眼睛，直咽口水，他一定是没想到黄钻在这里会这么贵。

可我并不喜欢这枚黄钻戒指。

这颗黄钻石，不黄。看起来更像一颗质量不好、有点发黄的白钻石。而且太小，戒指又太粗，就更显得钻石小。

我实在张不开嘴，直接告诉杰克，我真不喜欢。

总能扫了杰克的兴，要不先买下？过几年再换吧。

杰克高高兴兴地付了全款，他的蓝眼睛里闪着钻石一样的光芒。

杰克开心的样子，好像得到钻石的是他。很久没看到他这么开心了，前两次我答应嫁给他时，他都像在调侃，今天有种"你是我的"的踏实，更有种小孩子一下长大懂事的稳重。当杰克把钻戒戴在我手上的那一刻，我被他的喜悦感动着。满不满意先不提，这枚戒指是个定心丸，没有这枚"订金"戒指，我总觉得杰克是闹着玩儿的。

我们坐下来吃东西庆祝，杰克滔滔不绝地说东道西：

"萌萌，婚礼你看这几个地方都不错吧？"杰克指着他搜索出的香格里拉和金沙酒店的顶楼……杰克在设想婚礼要在哪个酒店举行，准备请谁谁谁什么的。

我微笑着，却心不在焉，一直在想我手上的这枚戒指。

妈妈给我留下的那颗白钻戒，确实给我设置了一道门槛。那是最好的品质，罕见的心形切割。这颗黄钻实在太小了，只有小颗绿豆大。怎么看也不怎么黄，感觉真像品质不好的白钻。离开提芬妮店的各种灯光照射，现在再看，就更不理想。怎么能跟小 L 那颗比，我不爱听她显摆，还不就是因为人家说的是个事实？

我心里越想越拧巴，半天也不知道说什么，微笑也装不出来了，只好低头吃东西。不说话的我一定是看起来心事重重，杰克问我怎么了？我支支吾吾，绕来绕去，只好试探问一下：

"是不是西方国家新人订婚时，一般都先买一枚小戒指，等过几年再换？"

"什么？你不喜欢这枚戒指？"杰克的眼睛突然睁得老大，非常不解地问，"你刚才不是挺喜欢的吗？我问你时，你说你喜欢的。"杰克显然没有料到我会这样说，这是一枚在他看来如此完美而昂贵的戒指。

"订婚戒指不就是一个象征意义吗？它的价值全都为表达结婚诚意，和大小有什么关系？难道你还打算把它卖了？"

杰克刚才心花怒放的光芒一点点暗淡下去。说不上是郁闷，还是愤怒，他白皙的脸，涨得通红。他也不说话了，好像在憋着要说的话，脸就更红了。与其说杰克是一脸愤怒，倒不如说那是一脸狐疑。他的蓝眼睛紧紧地盯着我，带着疑问和伤感，还有一种藐视。

糟糕！他不会觉得我是个拜金女吧？

十

回家后，我又有了更多的担忧，这颗黄钻没有国际钻石鉴定证书。

小L现在已经不再戴她那颗黄钻戒了，我绝对不是要跟小L比，更不必觉得相形见绌。可是，这么小的钻戒，怎么看都不像是我的戒指，不像我黎萌萌的风格，真戴不出去。

提芬妮店答应提供一份自家的钻石鉴定证书。我想正好可以借这个机会，要求退回这枚戒指。小A觉得我难为杰克，没死又开始作。我说："我都没告诉你，你怎么知道的？"小A说："我懒得理你，反正知道你死不了了就行。"

我跟杰克说了自己的疑虑与打算。他看着我，半天没说话。

那双蓝蓝的眼睛，深邃而陌生。那一刻，我有点后悔提这么一个破绽百出的建议，我应该听小 A 的。我感觉他眼神里的落寞，还带着一种失望。我赶紧转移视线，不敢直视他的眼睛。这回我倒真希望他拆穿我、调侃我，甚至挖苦我也好。然而，他却什么都没说。

像过了几个世纪，我们都沉默着。最后杰克平静地说："随便你吧。"

然后，就没了下文。

我突然不知道该怎么办了。

留下这枚戒指吧，我永远都不会戴。根本没什么可骄傲或可炫耀的。连宣布订婚的消息也可以省下。几个闺密都看过妈妈送我的心形钻戒，这枚戒指没什么好看的。到时弄不好会有人说东施效颦，反而给她们机会笑话我，我肯定不会戴。

退回去吧，杰克会觉得我难以取悦，不诚实，只想宰他。我有点紧张杰克会怎么想，如果我是他，我会跟这样一个女孩结婚吗？

这是我们头一次不欢而散，各自回家。回家路上，我就开始看手机。一般，他一搭上巴士就会给我发短信，说他已经开始想我，盼着下次见面了。

直到我到家，躺在床上，我都没有收到一条短信。他竟然一条短信都没有发。我心里有点乱，我要是真退了钻戒，他不会把我一起退了吧？

我躺在床上翻来覆去，一会儿看手机，没有短信。半夜醒来，无法入睡，我又看了几次手机，杰克都没搭理我。想想周末，有杰克陪伴，时间总不够用。

　　早上在东海岸看海上日出；傍晚爬到花柏山腰，看暮鸟归巢，近处高高低低的政府组屋，与远处港务局如同白昼的灯火交相辉映；夜晚，到山顶看满天星光灿烂……新加坡的"二战"遗迹，我们最喜欢去寻宝，十几个炮台公园，巧遇过不少野生动物。在双溪布洛湿地，第一次看见野生水獭，在我们面前打打闹闹，惊喜得忘记了拍照……

　　第二天早上，我感觉自己好像整夜没睡，有些头晕，镜子里有两个黑眼圈。

　　我恨自己。命不都白捡回来了吗？作不作，都差点死。为什么我不能直接告诉杰克，说句实话比死还难吗？我就是不那么中意这枚戒指，也不是错。不过说一句实话，对我来说确实很难。我不敢告诉他实话，我怕什么？我千不该、万不该，让他觉得我喜欢，假装喜欢，假装高兴……

　　杰克三天都没联络我，足足七十二小时，一千七百二十八分钟。

　　这次，是我自己搞砸了。如果我是杰克，我会甩了这样的女朋友。现在应验了我妈说的，我确实是一头"瘸驴"，而杰克不是一盘"破磨"。

　　没办法，可能就是缘分没到吧？

十一

　　三天三夜，我最终说服了自己。两万八新币，是很大一笔钱，可我不喜欢。原因不重要，我不应该勉强自己。

不喜欢的会珍惜吗？

若要让我口是心非，骗自己一辈子，还要骗杰克一辈子，我真的做不到。我准备今天下班后就打给杰克，约他聊聊，把实话告诉他。分不分手、结不结婚，我都要把这枚戒指退回去，把钱还给他。

晚上，我正犹豫着要不要打给杰克，我的手机响了。我接起电话，就能感受到杰克直喷脑门的火，不过他仍以亲爱的做前缀：

"我知道你不太满意这枚戒指，你要是想退，那就退了吧。"

杰克的声音是一本正经的，我不能判断这话是不是包含连我一起退了。

"不然，我看你一辈子也不爽，哪天又想起来，就是未来我们吵架的导火线。"

杰克说话大喘气。

"不过……"杰克停住，我焦急地等他下一句。

"以后，你一定要告诉我你的真实想法。你以为不说实话，或隐瞒实情，是为了避免伤害我，你看这样不是更伤害我？"

听到这里，我紧张得不知说什么好，但赶紧"嗯嗯"应着。

"你不说出真实想法，结果是你自己不开心。你不开心，我也不开心。"

我沉默着，仔细聆听。

"虽然大家都不开心，可我还是舍不得看你不开心。"

我脸红到耳根和脖子，又从脖子红到心口。我只能"嗯嗯"答应着，不敢想象若是杰克当面说这些，我得有多尴尬，我真觉得自己赤身裸体地站在台上，并且还是一个没有梯子可下的台。

"现在，你有个新任务，自己去找一颗喜欢的黄钻，这次不要将就。"杰克话说了一半，又停住，沉默了几秒钟，"不过，也别搞得咱们婚礼都没有钱办哈！"

我知道这个"不过"，才是重点。我终于喘上一口气，赶紧说："行，放心吧！省先生的钱，就是省太太的钱。"

十二

任务非常明确，不过，我只能等运气。

我消息一发出去，马上有人要赚这笔钱。有一位钻石鉴定师联系了我，他说他找到一枚适合的黄钻，不过这颗钻石在南非。我一听就没谱，我也不是钻石商，根本不可能买到这颗宝石。

"可以寄来新加坡，不过你要付百分之七的消费税，这样大约三千新币。"

我不怕付百分之七的消费税，只怕钻石有假。彩钻是比较难鉴定的。

"另一个办法是，寄到中国香港，可以省消费税。我到中国香港帮你取回来，顺便鉴定一下。这三千新币你付给我。"

这个办法听起来靠谱。不过一手交钱，一手交货，我不可能把那么大一笔现金让他随身带着，只能用银行汇票。即使这样，任何一个环节出问题，我都会财物两空的。

我想了好几天，这颗一点七克拉的顶级黄钻石，一直在我眼前闪亮，我简直着了魔。要在提芬妮买，这颗至少要十几万新币。

这么大的黄钻石，加上它的品质，绝对可遇而不可求。我想象自己戴着它，在学校放假前，正式宣布自己订婚的消息……最主要是要在小L面前闪那么一下……

买，我一定要得到它！

杰克听说我找到了喜欢的黄钻，他说他只负责付款，就不参与了，一切让我自己去搞定。

我想了又想，还是没敢告诉他实话。这颗钻石价值五万四新币，比那颗让他一直咽口水的小黄钻，足足贵了差不多一倍。万一他说贵怎么办，我也怕他调侃我，心里会有压力，很可能影响我的宏图大计。

我先买回来再说，大不了他付两万八新币，剩下的我自己付。

我跟钻石鉴定师商量，如果是白跑了一趟，我付他的行程费用，汇票一定要拿回来。如果这颗黄钻值得买，必须把钻石带回来，完好无损地交到我手上，我才付他三千新币佣金。

鉴定师拿着我美国花旗银行开出来的三万八千一百五十六点二四的美元现金汇票，去了中国香港。

十三

"钻石漂亮极了，这是我迄今看到的品质最好的一颗黄钻。足够大，又不太大，配你的小手，真是美妙绝伦！"

中午，我在焦急中等到了鉴定师的电话。现在终于可以松一口气了！我说怎么那么不喜欢提芬妮的小黄钻呢，原来属于我的那颗在这里。

还有十五分钟要上课了。突然电话又响了：

"这个以色列钻石佬气死我了，他说钻石不能让我带回新加坡……"

"为什么？"我还没等鉴定师把话说完，就急了。

"他说以前收到过银行汇票，钻石拿走后，汇票还没入账，就被取消了。他们收不到钱，风险很大。虽然可以追账，不过非常麻烦。"

"你没跟他说，这是美国花旗银行的现金汇票，我不能随便取消，必须拿着汇票去银行才能取消。如果退汇票，我还要付七百新币滥用资源罚款呢。"

我差点说，他去之前为什么不问清楚钻石佬收什么钱、怎么收钱。不过，确实也不能怪鉴定师，他是中间人，他怕自己被"仙人跳"。他若先垫钱，万一买回来我不要了，钻石他就砸手里了。银行汇票其实是最安全的，新加坡注册的钻石鉴定师，他不值得拿着一颗钻石跑路吧。

"你跟我说没有用啊！"

"这可真没道理！"我举着手机，紧紧贴着耳朵，气急败坏地在教室里走来走去。

一颗可遇而不可求的黄钻就在眼前，鉴定师手上拿着现金汇票，居然买不回来？就眼看着它擦肩而过吗？我得想想办法。

"你把电话给钻石佬，我跟他说。"

我想象这位以色列钻石佬，是好莱坞大片里的黑社会大佬，满眼狡黠、智慧与义气。干这一行有这一行的规矩，不讲义气不能做成大佬。这个裸钻批发行，世界数一数二，我相信他们有大佬保护。当然，他们自己就是大佬，一定有一套追账方法。他们绝对不怕谁敢拿了钻石不付钱。周旋。

我很诚恳地夸赞这颗精美的黄钻，告诉他我非常开心找到这颗心仪的钻石。钻石佬听了很高兴，不过他并没有被我弄晕乎，而是直接问我，他如何才能相信我？信任除了直觉，最重要的是担保，要看我身后的担保是谁。

"这样吧！我给你花旗银行电话，还有分行经理电话，我昨天去取汇票时，告诉她这张现金汇票的用途，你直接打去银行问她如何？"

我仔细解释了花旗银行严格防止客户滥用资源的各项规则，除了罚款，必须将汇票拿回去才能取消。钻石佬顿了一下，电话两端开始沉默。我听得见自己紧张的呼吸声，每一次心跳都是巨响。对方在思考什么，他们如何判断我是不是骗子，骗子会说什么？

约莫过了几十秒钟，钻石佬说："好，你不要挂电话，线上等。我现在打给花旗银行经理。"

我在线上等着，学生已经陆陆续续进教室了。

还有五分钟就上课了，我示意学生先坐下来，不要出声，老师在打电话，一个非常重要的电话。八年级的学生差不多十三四岁，他们很善于察言观色，马上嘀嘀咕咕起来：

"看老师紧张得脸都红了！"

"肯定是她男朋友跟她求婚了！"

"不，不像求婚。像是在吵架！看老师拿着电话不出声。"

我把食指竖直放到嘴唇上，睁大眼睛示意孩子们别出声。我大气都不敢喘，如果三分钟他还不能确定收到的汇票是可靠的，结果会有很大差别。我不仅要浪费七百新币，唾手可得的一颗黄钻也很可能与我擦肩而过。我万一念念不忘，可能就会被杰克认为是"黄钻石强迫症"，一定会被他娱乐调侃一辈子的。

"好！我相信你。你可以电汇我美元吗？"钻石佬终于开口说话了。

"可以，可以。"我赶紧说。

我其实并不确定美元户口还有多少美元，汇票拿回来，入账转现都需要时间。我先答应了再说。

"我让你的人把钻石带回去，这张美元汇票我也不要，汇票很麻烦，国际汇票的转账时间最少是两周。"

"你是说，汇票和钻石都给鉴定师一起带回来？"我怕我听错了。

"是的，你看到钻石后，马上电汇我三万八千美元，零头我优惠你了。"

这还真是黑社会大佬的作风。我是先惊喜，后恐惧……

学生们都围拢过来，上课铃正好响起，我赶紧挂了电话。

十四

一个月后，杰克出差回来，我去机场接他。杰克第三次求婚。

"杰克，你干吗喜欢在机场求婚啊？"

"机场人多嘛，你总不能老让我跪着啊。"杰克还是那样没正形。

......

六个月后，我做了新娘，教室门上面的牌子改为"牛柏太太"。婚礼当天，杰克与我交换的结婚戒指，跟他第二次求婚送的那枚"永恒的戒指"一模一样，三枚戒指戴在一起，中间是这枚黄钻戒。

这三枚戒指，都可以单独佩戴。合在一起时，更像一枚设计完美的、特别定制的戒指，尤其中间那颗晶莹剔透的黄钻石，绝无仅有。

一年后，"牛柏太太"生了小"牛柏"，离开了这所著名的国际学校。新加坡教育部负责国际学校的部门检查了学校的建筑设施，认为每年暑假装修完全没有必要。学校也发现频繁装修时，有人会滥用资源，进口材料中致癌指数超标。保险公司按规则赔偿了癌症患者及患者家属的精神损失。

差点忘记说，鉴定师从中国香港取回的那颗黄钻，也没有鉴定证书，甚至没有钻石编号。这是一颗彻头彻尾的裸钻。

它即使是一块黄玻璃，我也无从知道。

秦时月

一

"明天你在家吗？"思佳问我。

"在。"我说，"吃饭吗？"

"不吃，跟往常一样。"

中午 12 点，思佳很准时。她戴着口罩，露在外面的眼睛，化了很漂亮的妆。

餐桌上，我照常摆上一小盘儿红葡萄，一小盘儿白葡萄。两杯冰水上漂着清香的柠檬片，另一个小盘上几片奶酪和酥饼摆出一朵花。思佳坐下，我倒上一杯红葡萄酒递给她。我自己倒了香槟，我喜欢看杯底往上升腾的泡泡。

我们两个轻轻碰了一下杯，思佳只抿一小口，润了润唇。"你们家楼下的保安越来越严了。"思佳说。

"嗯，现在哪里都差不多，他们让你扫码了？"

"扫了，他们应该都认识我。"思佳用夹子夹起一片奶酪放在自己的盘子里。喝了一口冰水，夹起一块酥饼，迟疑了一下，又放了回去。

"思佳来了！"老铁从书房出来打招呼。

"铁哥好！和我们一起吃点东西吧？"

"不了不了，你们聊。"老铁说着，还是把屁股挪到椅子上，与我和思佳坐成三角。

我赶紧起身："老铁，你喝咖啡还是茶？"

"茶，我的那种茶。多放一袋糖哈。"老铁提高了嗓门。

"我的咖啡待会儿喝。"思佳说。她没抬头，专注地听老铁说着什么。

一杯英式红茶加了奶和两袋糖，半个小时里，老铁给思佳讲了52个新发明。他是个有明显强迫症的算法工程师，我怀疑他两眼一睁开，眼前就是各种算法，或者连他的梦都是他设计出来的算法。我最烦他滔滔不绝地讲他的数字游戏，可思佳却很感兴趣，每次都能听得入迷。我显得无聊至极，只好拍了一堆各种组合照片。一片柠檬漂在冰水上，晶莹剔透。沿着香槟杯子的长脚，往上扫，看见从杯子底部升起的泡泡。一颗颗泡泡后面，能看见朦胧的花瓶，花瓶里是红艳艳但模糊的花。老铁的侧脸非常朦胧，根本看不清是谁。思佳好像在看我的镜头，也可能在看我身后的花架。她身后的墙上，完全看不清具体是些什么的画，下面挂着一排模糊得已看不出什么颜色的口罩。只有香槟杯子和泡泡是清晰的。

"你们聊吧，我得回去工作了。"老铁关上了书房门。

"差点忘了，你的咖啡。"我说着起身。

"不了，今天早入住。"思佳拿出口红涂了一遍，又在脸上轻轻拍了粉。我们俩自拍了一张，我把手机倒回去看了一眼，思佳的口红非常艳。

"不会沾到口罩上吗？"我问。

"这是个新产品，叫'吻无痕'。下次我给你带一支。"

"不用，我都不化妆。"

思佳笑了，眼睛弯成了月亮。不知怎的，我想起了这么半句诗："……秦时月，送我情如岭上云。"

"你拍的照片发给我。你也发个朋友圈，别像上次似的发错了哈。"

"真啰唆。"我说。

二

老铁与一般的算法工程师有些不同，他对数据的敏感与记忆，就像一台超能的机器。说起来很吓人，他是用数据解释一切的人。比如，根据过去10年伊蚊骨痛热症的死亡率，以及全球流感大暴发前6个月的感染率、死亡率对比，计算政府最终必然要以开放政策面对流感挑战。我想幸亏他不擅长交际，现在居家工作，不然我得整天提心吊胆。

"今早你看新闻了吗？"老铁问我。

"有什么特别的，说说？不过那些……你就别读了。"我边说边剥鸡蛋皮。早餐是我们家的新闻联播时间，能有个话题说说本来不错，可我怕听老铁读谁谁破产自杀、谁谁精神分裂行凶的新闻。他还没开始就得赶紧制止他，不然早餐吃到一半就心里不舒服。

"也没什么，就是前几周刚要开放时，夜店的感染群案例，现在都爆开了。报纸上说很难追踪，要求民众抓紧时间上网注册打流感疫苗。"

"不是每个人都要扫描吗？为什么追踪不到？"我问。

"不一定人人都遵守扫描规定，去夜店，谁愿意留下记录？"老铁没有抬头，他端起咖啡喝了一口。

"思佳每次从后面停车场离开，一定没有扫描，我不知道她的记录是怎样的，只看到来我家时的时间记录吗？"

"思佳两年前给我介绍的一个工作，你记得吧？"老铁换了话题。

"我不太记得。"

"一个上市公司的活儿，我做完了。"

"哦！他们该给的给了没有？"

"给了，不过这家公司有很多问题。"

"哪个公司没问题？你一个程序员……"话到嘴边我忍住了，我恐怕老铁说错话。幸亏他的工作在我看来和程序员没区别，就是一个高级工人而已。

"知道了，我什么都不知道。"老铁憨声答应着。

"你现在有空吗？"思佳的短信。

"怎么了？出了什么事儿？"

"我们出去走走吧！"思佳说，"我快要闷死了。"

"去哪儿？到处都不开门，没地方堂食，连个坐一会儿的地方都没有。"

"去超市？"思佳发来一个鬼脸。

"行。"我说。我常看到站在超市里保持一米距离、戴着口罩站着聊天的太太们。

"十分钟后，我在你家楼下等你。"

十分钟后我下楼，看见思佳的保时捷停在楼下大门口。一辆校车开进来，她往前挪动了一下。真是的！为什么学校还不停课？我赶快跑过去。

"怎么了？"我上车就问。

"W的公司破产了！你知道吗？申请公司破产的程序，比注册公司要复杂多了。"思佳说得很平静，好像是在说一个别人的事情，跟她完全不相干。

"我说什么呢？"我问，"我真的不知道应该说什么。"

"你什么都不用说，我知道这是迟早的事。两年完全没有收入，死撑着还不坐吃山空？回到从前，大家不还是一样过？以前人怎么都能过得去？"思佳低着头说，"反正，那时人没有多余的钱养72个外家。"她的鼻翼抽了一下。

"那……小K那边呢？"我赶紧岔开话题。思佳如果不告诉我她丈夫W的事情，我平时绝不会提小K的名字。

"小K那边也烦得不得了。他的大股东本来就把他当傀儡，我看最后也要卸磨杀驴。过去几年间，大股东利用他这个CEO，吞了不知多少小股东的钱。要是穿帮，他能跑得了吗？"思佳说。

"不能。"我说,"最后进监狱的是小 K,你有没有提醒他?"

"有,他怎么能不知道?贪心不足,谁能拦得住!"思佳一脸无奈。

"我知道我什么也不能说,也不能问。"思佳漫无目的地开着车。好在路上基本上没有什么车。

"我说嘛,世上哪有那么便宜的事,只为上市公司做些申请经营准证一类的工作,虽说也是技术活,也不是一般人能做的。可薪水高出市场一两倍。谁能不眼红?更别说又有大把自由时间了。不可能好事都落在一个人身上吧?"

"W 已经怀疑我了,可他表面不说,还装不知道。"

"嗯,W 是很精明的,他自己心里有鬼,怎么能盯住你不放?当然可能你多虑了,也许他生意破产了,只是偶尔敏感?"我赶紧安慰思佳,我不想将来我们家成为免费酒店。

"如果他来问你,你怎么说?"

"什么怎么说?我什么都不知道,确实不知道嘛。"我一脸无辜地睁大眼睛,一眨不眨地看着她。

思佳笑了:"还什么都不知道?你看你脸都红了!不说我了,太泄气。哎,你还记不记得赵恩远?"

"记得,不过早就失联了。"我迟疑了一下。思佳提到的这个人,突然进入我脑海,先是他模糊的脸,然后镜头好像慢慢推近,紧接着出现的是他高挺的鼻梁,轮廓粗犷,顺着鼻梁往上一个半厘米,可以触摸到他浓密的眉毛,眉下深陷的眼窝,充溢着大量的雄性荷尔蒙……

"那天他在脸书上加我,还跟我打听你呢!问我是不是你的脸书被盗了？"

"你怎么说的？"我的思路突然被打断，赵恩远的脸又模糊起来。

"我说你忙得没时间看脸书。"

我的脸热了一下，这倒是实话。记得那是一个很炎热的旱季，新加坡从未有过四十几天完全不下雨的记录，植物园的湖水位下降了两米多，小湖的湖底长满了草。我就是那年遇见赵恩远的。

"你说和初恋约会算出轨吗？"思佳眼睛忽闪着，突然冒出这么一句。

"算吧？"我说。

"你的不算。"我又补充了一句。

"你不用安慰我，我知道算。"思佳声音暗了下来，眼睛里的光似乎也暗了下来。我不知道如何破冰，两个女人的沉默，不是僵局，就是死局。突然觉得出来比在家还憋闷，后悔没想一下就答应跟她去"超市"。

"他朋友有一个私人俱乐部，上次我们就在那儿见的面。"过了好半天，思佳终于说话了，"反正，我知道他和我见面就是为了找你。"

"现在还有俱乐部营业吗？"我问。我快速滑了一下手机，看看有没有最新政策消息。

"哎呀，所谓的私人俱乐部，就是私家小酒店呗。你说新加坡现在连个喝茶、喝咖啡的地方都没有。这也关了，那也关了，这要有个事情，想说说话能去哪里？都要把人憋屈死了！再说，也不是所有的人都像你，能邀请朋友到家里来呀。"

思佳很少一口气说这么多话，我一个劲儿点头，恐怕她开车时太激动。"是的，是的。就是缺少让人能见面说说话的地方。"我赶紧附和着。

"如果被查到的话，顶多就是个私人到访，政策限制是一次两个人来访，又不违法，对吧？"思佳说着，眼睛却从路面移开，扫了一眼 GPS。

"如果查不到，其实多少人都行。"我说，"如果没有人知道，怎么能叫出轨？"

前不久，夜店秘密营业抓了一批人，要是越南妹没感染病毒，或者所有人都打了疫苗，流感也不会传播得飞快，谁能知道有多少丈夫加班呢？当初，幸亏嫁给了老铁，不然我丈夫会不会也在加班？

"好了，到了！"思佳说。

"什么到了？"我问。我看不出车子停在了哪里。

思佳在一处豪宅院子外面停下。院子是半开放式的，没有锁住的大门，一块不小的绿地种满了花。靠近入口处的两边，有好几棵相当高大的三角梅树。紫色的三角梅，嫁接了粉色、红色、橙色的，枝蔓缠绕，色彩错落斑驳，像儿童油画一样质朴。树下好像还种了几棵西红柿和辣椒什么的。我把脸凑近车窗再看，远处好像还种了几排葱、韭菜、生菜或小白菜。这一低头竟看到了庭院里别致的风景。

这半花园半菜园的一小片土地像是惹着我了。清晰的角落里，连我也不再注意的那点柔软，突然坍塌了。

"下去吧，他在里边等着你呢。"思佳说着，朝我努了一下嘴。

"谁？"我忍住这突如其来的、自己也不理解或解释不清楚的酸涩。

"我说什么呀？"我看着车窗外绿莹莹的院子，脑子里一片空白，断片无法接回到十几年前。

我真不知道该不该下车，可我竟然冒出来这么一句："你看我穿的这什么样子啊？"我下意识地伸手提了提白T恤衫领子，想让它显得利索点。一条背带牛仔短裤，洗得快要看不出颜色了，一双白球鞋也旧得不行。这根本不是出门约会的装束，我早已把出来去超市的事忘记了。

"我看挺好的，今天你显得特别青春，和十多年前没什么变化。我跟你说去超市的打扮，就适合今天的场合。"思佳又把弯月一样的眼睛亮起来，实在不像个要破产家族的媳妇。

思佳从后备厢里拿出了一袋东西。我一看都是些密封的高级茶点和零食什么的。

"拿着吧，出来买东西，总不能空着手回家。哦！差点忘了给你——'吻无痕'，等一下。"

我才想起连口红都没有擦。我接过口红，拧开一看还真是我喜欢的浅橘红色。我在口罩下面掀开一个小缝，擦了一点。我仍然在犹豫下不下车。我不喜欢这种突发事件，有种被卷挟、被绑架的感觉。我正磨蹭着，思佳一把将我从车上拉下来。看见她的车走远，我才慢慢穿过花园。

像这样的花园，是的，就是这样的一片花园里，那个不太清楚的脸，正帮忙干活。一位长者走到我的身边像是自言自语，又像是在提醒我："小伙子看起来不错，非常帅，就是他的工作，你永远都不可能知道他在做什么。"

我站在门口迟疑了半天，刚要往回头走，这时门开了……

三

我和赵恩远面对面坐着，中间隔着十年。

眼前的一切都不太真实，我就是去超市走走，然后，就"穿越"回我和他最后一次见面的十年前。

"你想吃什么？"赵恩远问我。

"随便。"我说，"我不饿。"我不敢抬头，局促得不知该看哪里。"我本来就是陪思佳出来买东西的。"我又补充了一句。

"就知道她不会直接告诉你，直接告诉你，你会出来吗？"

"不会。"我没躲闪，还是低着头。

"那喝点什么吧？"赵恩远顿了一下。

"不想喝，一会儿回家说不清楚。"我说。其实，我知道老铁不会注意到，他想的都是他的新算法，昨天还有很多问题，一直熬到下半夜。"我是真不想喝。"

"喝一杯香槟吧？我知道你喜欢。"赵恩远从饭桌上拿起一只香槟杯子。

"不，一杯红酒。"我眼睛转移到酒杯，余光里看见赵恩远迟疑了一下。

赵恩远看了我一眼，专注倒酒。他的眼睛没怎么变化，一双浓重的眼睛，或者说一张像大卫雕塑般棱角分明的脸。但还是有一点什么不一样了，眼窝更深了，比十年前瘦。

"吃法国烧鹅肝吧？师傅手艺不错。"他笑了一下，我看见了他眼睛周围明显的皱纹。

"这种时候还能有法国鹅肝？"我问。我有点不相信自己的耳朵。

"当然有。提早准备，什么都可以有。"赵恩远说着，扬了一下眉毛。

我突然有了关于烧鹅肝的想象，灼热的海盐撒在那烤得焦脆的鹅肝上，牙齿与鹅肝碰撞瞬间，"咔嚓"，柔嫩的汁水从穿透鹅肝的齿缝中喷溅出来，充溢在唇齿间，融化在咽喉处……不记得多久没有这样的享受了，味蕾的贪婪已经把所有的矜持都吞没了。

"那就请师傅……"我话还没说完。

"我知道你要什么，都已经交代好了。"赵恩远说得有些得意。

"不过，我现在不喜欢苹果酱汁直接淋在烧好的鹅肝上，请师傅另外单放，好吗？"

"好。"赵恩远看着我，还想要再说点什么，嘴巴张了张，但什么也没说。他站起来，去了厨房。

我也站起来，在客厅里溜达了一下。这座别墅从外面看起来，与周围其他别墅没有什么不同。院子比较大，又在这条小巷的尽头，多了一份静谧之感。"照人胆似秦时月"，这句诗的前半句突然冒出来，秦时月，对秦时月。

赵恩远第一次带我去圣淘沙岛时，是一个满月的夜晚。迎着海风，椰树下依然炎热，躺在沙滩上，感觉周围热浪滚滚。远处朦胧的渔火，如跳动的烛光。一切都有青涩的浪漫，只有那一轮月亮，明晃晃地注视着我。我的白衬衫在月色下泛着刺眼的白光，夜怎么会这样亮？我后背湿透了……除了热，也因为疼和紧张。

"我应该带你随处转转。"赵恩远从我身后靠近，熟悉的味道，又有陌生的古龙水的气息。

"好。"我说。

我转过身，我们的目光第一次遇上。十秒钟？也许只有五秒，我移开了目光……看见赵恩远身后的客厅，墙面是原始的砖石结构，粗糙感显得有种古迹的艺术风格，几幅仿古油画增添了欧洲文艺复兴时期的艺术韵味。

"看得出这家主人花了不少心思。"我说。

"女主人也教普拉提。"赵恩远随手推开走廊上左手边的一个房间门。"她有一间健身房，做私家教练，今天去上私家课了，不在家。"赵恩远介绍着。健身房不太大，摆放着几件非常实用的健身器材。

"真不错，就是离我家太远了，估计私家课也不便宜。"

"不远，我可以接你。不过确实不便宜，大家不都在想办法生存吗？"

我才注意到，他穿的黑色T恤衫有些紧绷，明显看得出胸大肌胀出的轮廓、脖子与肩膀之间凸起的肌肉，他确实比十年前身材要好。

"你怎么不问问我这十年过得好吗？为什么要找你？"赵恩远问。

"我想你过得不错吧，我不想知道你为什么找我。"我说。

赵恩远没说话，我坐在扩胸器前面推了两下，非常吃力。就这半年，健身房关了开，开了又关，都不知第几次了。练着练着又不练是最糟糕的。就是赵恩远的这种不知道是不是故意还是不得已的神秘，当初毁了我的信心。没有安全感就不会有浪漫，也就没了一切，我懒得猜测，不想再回顾。我离开健身器，走出房间。后边也不知他还介绍了什么，我都没太注意听。

坐下来吃饭时，主人从厨房里出来热情招呼我们，还说了不少话，喝了很多酒。师傅姓张，原来是酒楼老板。生意红火时曾有好几个酒楼。经营的餐饮娱乐项目非常丰富，全球性流感时纷纷结束营业，员工遣散，几度濒临破产，变卖了所有的产业，全部财产就只剩下这栋房子。

"唉！幸亏还有几位公务员大佬、腰包没有缩水的朋友，经常光顾支持。"张老板苦笑着说，"恩远兄总介绍朋友来，非常照顾我们。来！敬你们，我自干了这杯。"

这时我才注意看这个餐厅，与客厅很不搭配。桌椅虽也是实木，不过属于简易式的宜家家居风格。桌子上的鲜花是院子里种的，盘子里的菜也是刚从地里摘下做好的。

"楼上还有两间客房，有时客人累了可以在这里休息一下。"张老板继续介绍道，"我去准备甜品，你们慢慢聊。"说完，他一口饮尽杯里的红酒。

"你还在生我的气？"赵恩远咕哝着，眼睛直视过来。

"没有。"我说，"都过去那么久了，过去都已是秦时的明月。"我又回了一句。

烧鹅肝没我想象得那么好吃，也许家庭炉灶火焰没有那么大吧。鹅肝已经很酥脆了，可我记忆中的那种酥脆感都不在里面。苹果酱也太甜腻了。其他几道菜我都没碰，一会儿还得回家吃饭。

四

六个月后。

思佳已不太常去我们家，不过我们还经常见面。我们有个共同去处，就是张太太的普拉提私家课，我的肌肉线条又慢慢清晰了。

只是，课后我总留下吃饭，她不会。我胡乱猜测，她一定是不好意思欠我人情太多，才为我搭上这个人情的，这样就互不相欠了？或者有了赵恩远，在这个会所她又有机会认识其他的"小K"？我们从未谈过这些，这些日子很少听她提到小K了，她变得像赵恩远一样神秘，我每次见到她时，都好像另外有约。其实，我也不太确定，我就是隐约感觉全世界的男人都喜欢她，所有的好事还是要落到她头上。难道赵恩远不是她的菜吗？或者她不是赵恩远的菜？

有时，我和思佳也聊赵恩远，我仍不太清楚他到底做什么，为什么总有时间见我。思佳说他是政务要人，在我印象中就像美国的FBI，表面的工作与实际工作总有差别。我十几年前就知道，不用猜他哪句是实话，什么时候说真话。好在我也不想当官或发财，也不望夫成才去做生意，他做什么就和我没有什么相干了。

思佳有时也问我和他都聊什么，我说："每次都是聊你啊！我不是每次来见你吗？什么运动啊，吃饭啊，我们就聊你呗！"

"我有什么好聊的？"思佳笑得眼睛像弯弯的新月。

"赵恩远和我在一起，他说他一定要补偿他这辈子欠我的，我才不信。补偿什么？再让我选一次，我还是不会选他。"我说，"这一点我非常肯定。他还是十几年前的他，十年前我痛苦，但是现在这样正好。"

思佳说："我们还能回到初恋吗？"

"不能了。"

"人还是那个人，你说没变？"

"我不是那个我了吧？"说到这里，我心里酸痛了一下。

"嗯，我们都变了。"思佳虽然含笑的眼睛弯成了月亮，可我还是看见了泪光。

那天我和思佳都不开心，不知道是聊得不开心，还是有什么逝去，我们不曾挽留，也无力挽留。

思佳没再去上课。赵恩远也很久没在俱乐部约我吃饭了，我感觉这里突然冷清了起来。我偶尔会想赵恩远，习惯是很可怕的。对比十几年前，赵恩远还是有很大变化的。他比以前爱说话了，他说他最喜欢听我讲故事了。我说故事都是编的。他就夸我，说我的故事比真实生活还真实。于是，每次激情过后，我就把有的没的，都说给他听，什么小 K、W、老铁，还有 Z。Z 是赵恩远在我故事里的名字。Z 的身份一直在换，有时是个小公务员，有时是便衣警察，偶尔也像克格勃一样，甚至是新加坡特警部队的警官。

赵恩远每次都专注地听，他相信我能成为真正的小说家。

五

老铁从未对我的故事产生过兴趣，我也懒得给他讲。每天早晨餐桌上的新闻，是我们的话题。现在很多人得了流感后遗症，没有人知道这种状态还会持续多少年。一大早就听他说心惊肉跳的八卦，有时还真折磨人。我还得忍住，有时他不说，我还得问问他，有什么八卦新闻吗？人就是这样矛盾，事实上每次我都想跟他说，这种杀人放火的消息最好别念，听得人抑郁。可到最后，我总是咽回肚子里，我们不就说说八卦新闻还能热闹一下吗？

"思佳最近没有联系你吗？"老铁问。

我的心"怦怦"跳了两下，想想这些日子我光忙活自己的事情，还真是没注意她的消息，我们都好久没去上私家课了。先是私家俱乐部老板说要装修，封城状态下太难了吧？我估计可能就是想再隐蔽些。我们还偶然联络，思佳不久前告诉我她正与 W 在办离婚，可程序没那么快吧？现在离婚案子那么多。

"有啊，有啊。那天我们不还出去喝茶了吗？怎么了？"我不是很肯定地应付着。"你看这个消息，案发地点很像他们家。"老铁低着头，把 iPad 递过来，指给我看。

我的心"咚咚咚"狂跳起来。"好像那天你还跟她出去来着？"老铁抬起头，看着我。

"是啊。"我说。我快速搜索着，想不起到底是哪天了，该不会是赵恩远接我去圣淘沙岛那天吧！我说是去私家课。不对，那天我好像先联系了思佳，我没去她那里吗？现在人人身上带着扫码器，像时刻被人跟踪一样，反倒让我不确定自己都去了哪里。

老铁喝一口咖啡，继续念他的电子报："某居民被查获聚赌，无照经营私家酒店，据查涉嫌一起巨大集团诈骗案。某上市公司CEO诈骗股东一亿五千万。审理过程中查出与他有密切关系的情妇五人……"

"情妇五人？厉害！"我说，"看来谁要是真情如岭上云，谁就可能白白送死。"

"其中一人的丈夫醋意大发，或因破产走投无路。将妻子乱刀刺死，然后跳楼自杀。"老铁念着念着，突然停了下来。

我的手脚冰冷，凑过去，看到照片上被警察封条拦截的住宅，一阵眩晕。

"应该不是他们，思佳不是跟你在一起吗？这类事件都差不多，最近新闻都报出好几个类似的，还有几起银行诈骗案十几个亿都不翼而飞。"老铁喝着咖啡，继续漫不经心地说着。

我赶紧上个厕所，拨打思佳的电话，没有人接，"铃铃"响了很多下。我有点喘不过气来，又打了一次。电话被接了起来："喂？思佳！"我几乎颤抖着对着电话喊。对方没有说话，"是思佳吗？"我又喊了一嗓子。

我判断绝不是思佳，如果是思佳，早就聒噪地说这说那了。我听得见对方的呼吸声，有那么几秒钟，电话挂断了。我可能是打错了？不然能是谁呢？

我也发了短信给私家俱乐部老板娘，没有回复。我也有一阵子没去上普拉提课了。我整个脑袋堆满了各种信息，却搜索不出任何有价值的。不过有一点可以肯定，我去那里不需要扫码，我和思佳见面，我们总在各种地方扫，进去扫，出来时常常故意不扫，这样的时间线索很乱。倒是最近，我和赵恩远见面的地方偶尔必须扫码，糟了，那天在圣淘沙酒店……可是，这个时间我还不能给他打电话。我又仔细想想，如果真是思佳出了事情，警察一定会收集到我们的密切接触的线索，还有到处都是摄像头，怎么会等这么久？她应该没事。我们最后一次见面到底是什么时候？好像有一次，我们聊得都很不开心，从那以后，我们就没再见。

"嗯，你说得对，不可能是他们。"我回到厨房，一边说，一边又倒了一杯咖啡，今天早上我多喝了一杯咖啡。

这时，门铃响了。

"怎么会有人能上到楼上？这些保安不会随便放人上楼的，得投诉他们。"老铁咕哝着，一脸不高兴地去开门。

我坐在餐桌旁，一抬头正好看见门口站着两位警员。糟了！找我的，他们一定是出事了，我赶紧站起身。

"您好，我们是中央警署刑侦部的 C 和 J，这是我们的证件。"

老铁接过证件，还没等他问如何协助他们，其中一位警员接着说："我们找铁木犁先生，想请他协助警方调查一起诈骗案……"

之间

　　贾韵茹以为把母亲送去养老院，就可以回到自己床上睡一个安稳的好觉，但事实并非如此，反而被叫醒的次数更多了。

　　"Madam，简直把我吓死了，我整晚不敢睡觉。婆婆整夜喊叫，说看见房间里人来人往……昨晚竟然说有日本鬼子在追捕她。她让我把房间的灯都开着，驱鬼！"

　　日本鬼子是鬼吗？贾韵茹也想不明白。为节省一些费用，贾老太太与一位邻居老太太住一个房间。她们做了一辈子邻居，说好去养老院也要做邻居的。可自从贾老太太一住进去，邻居老太太就开始投诉。贾老太太也不停地抱怨。两个老太太从几十年好邻居到最后吵翻脸，竟没超过一个礼拜，弄得两家子女不知如何是好。贾韵茹只好与弟弟贾韵宏商量，各出一半附加费，贾老太太还得搬去单间住，而且需要聘请一个护士专门照顾她。

　　"你外公来看我了，我跟你外公说赶快把我接走吧，我实在是太疼了。"

　　贾韵茹听说弥留之际的病人能看见两个世界，他们会在这两个世界之间徘徊一阵子，如果人间有所挂念的，可能纠缠得会更久。看着母亲褥疮上流出来的黄脓，已经发出呛人的恶臭，贾韵茹一路上的焦虑与怒气顿时又变成了心疼，用"心如刀割"来形容并不为过，眼泪像没遮拦的悬崖瀑布，随时会跌入峭壁。

"妈妈！没事的，没事的，有我呢，有我呢……"贾韵茹搂紧母亲，可自己浑身上下没有三两力气。

"还说有你呢？有你，就像有只白眼狼啊！给我送到这个地方来，不就等着哪天我去找你外公外婆吗？昨天晚上日本鬼子真的来追杀我了。"

贾韵茹用手背抹了一把眼泪："我不是为了让您能够有更好的照顾吗？这里有医生，有护士，又是单间……"

"有什么也没有用，没有了你们在身边，我不就去那边快点儿吗？你说说，妈活着还等什么？盼什么？妈求着快点把我叫到了，就去了……"

"可就是有我们在身边，在家里不也是照顾不周到，您才生了这些褥疮啊。"贾韵茹轻轻地用药棉给母亲擦着一个已经结了痂、稍微一动又破开、流出黄脓夹杂血水的伤口。贾老太太像被蛇咬了一口一样，眼睛睁得大大的，想看看又很快闭紧眼睛，眉毛眼睛都皱在了一起，无法控制地哆嗦着，脸上的褶皱都拧在了一起，连鼻子都抽了起来，嘴角朝右侧倾斜，脖颈的筋也僵硬起来，贾韵茹看了一眼贾老太太的表情，她的手慢了下来，让麻药稍微停留一下，几分钟后上药的部分会感觉好一些。贾老太太虽然瘫了，可她的痛感一点都没有减轻，被触碰的疮口内侧已经溃烂，她脸上的皱纹颤抖着、聚集着，又再皱成一团，就像树上跌落下来的枯树叶子一样干瘪枯黄，卷曲得完全看不见叶面原有的形状与经脉。贾韵茹看着贾老太太凝固不动的表情，知道麻药已开始起作用了，又接着涂抹流着脓水的其他伤口。贾老太太突然睁开眼睛像是要说什么，咧了咧嘴，又再闭上眼睛，牙关咬紧。这些还在流脓的疮，只要一碰就会流出腥臭的黄脓和血水，贾老太太的鼻子嗅觉正常，她嫌自己的脓疮臭，鼻子皱得更紧了，这个皱成一团的表情再次凝固不动。

"妈，您再忍一下，马上就好。"贾韵茹手势轻得很，给贾老太太上药时连呼吸声都怕太重，怕影响到手法，怕让贾老太太感觉更疼。因此，她总是屏住呼吸。褥疮难治疗主要是恶性循环，不擦药这些伤口无法自愈，擦药时就更疼，简直生不如死。看着女儿那么精心专注地给伤口上药，贾老太太还是咬牙忍住了叫骂或嘶喊。平时她绝不让工人或护士上药，她受不了那种如生剥皮一般的痛苦，特别是夜里给她翻身时，难免碰到这些流脓的疮，她绝对不忍，会一直揪心般地叫喊。

贾韵茹和母亲的一样，她的心好像已经皱巴成一团乱麻了。仿佛常常无法确定自己是不是在现实中。她在公司里做财务，时时刻刻都像不停运作的传送带，她只是机器的一个环节，但她要正常运转才能忽略自己与现实。她做的账近来常对不上，其实"机器"的其他环节已经感受到了，若她这个传送带不断重复出现问题，可能机器就需要新的传送带取代她。贾韵茹本是有经验的财务，在没有意外的情况下，她早就轻车熟路了，就是母亲的这个表情已植入她的脑海，总出现在眼前，甚至就连她照镜子，看到的表情也是这样。有时她怀疑自己是不是精神分裂，以至于很相信贾老太太说看见外公什么的……

"这个新来的工人可不行，我叫她半天也不应。好不容易叫她进来了，她就蹾摔我，黑着个老脸，嘴里还不干净。你说我这罪过大吧？看完你脸子，我得看女婿脸子，看你们一家子的脸子，最后还得受工人的……"

"妈，妈……谁给您脸子看了？您别这样！"贾韵茹下班回到家时，总是又累又饿。一进门，二女儿就说，学校的活动，需要买的球鞋已经说了两个星期了，她还没有时间带孩子去买。大女儿在国外读书，不然也许能带妹妹去买。丈夫刚出差回来，行李都没拿进房间，就去接小女儿了。贾老太太瘫痪八年了，小女儿刚出生不久，母亲摔了一跤，就摔成了高位截瘫，不久后还中了一次风，就完全卧床了。贾韵茹一屁股坐在地上，眼泪禁不住簌簌落下。

"你有什么可哭的？现在你有能力赚钱，还有丈夫和工人帮忙。你爸爸死的时候，你八岁，你弟弟四岁，我有什么啊？你爸爸没给我留下半分钱，我把你们两个养活大，供你们上学，什么时候让你们站人跟前不如人了？"

贾韵茹一直认为母亲的病是自己造成的，是她的错。她自知不该生老三，母亲也说自己老了，不能再像带老大、老二那样灵巧了。母亲确实说过丈夫家没儿子就没儿子吧，命中没有，就别去挣命。哪里想到，她刚回单位上班不久，母亲就瘫痪了。家里一直没请工人，主要也因为母亲规矩太多，又总嫌人脏，很难与外人相处，这里的"外人"连女婿都算在内。女婿都容不下，怎能再容下一个工人？可这样说来，贾老太太竟然一手带大两个小孩，帮女儿打理全部家务，家里处处一尘不染，就实在太不容易了。

　　"再难也比孩子小、母亲刚瘫痪时强。"贾韵茹只能咬牙，工作确实不能丢了，老大上大学了，即使有奖学金，解决了学费问题，但在国外上学也不是什么都不用家里管的。贾老太太的病要长期治疗，就更需要钱，她只能把希望寄托在培训一个好帮手上。贾老太太是个要强的人，一辈子利索惯了，一旦躺下不能动，她就要放弃一切，可怜她求死不得，许多次绝食中，贾韵茹都想尽办法救回了母亲。贾老太太最终慢慢适应了这种生不如死的状态，可从那时起，贾老太太就总闻见自己身上有臭味。这种臭味是一种尸体腐烂的味道，她因此常常呕吐。躺着大小便，再加上呕吐出的污秽，贾老太太每次都要咒骂这是上天对她的惩罚。

　　贾韵茹原本是很依赖母亲的，一来母亲的过度管理，使她没有什么选择，她无法让自己得到锻炼，自认唯一正确的选择就是找了一位婆家不在本地的丈夫。倒插门的条件就是把丈母娘当自己妈，但颇为讽刺的是，贾老太太并不认可。现在，贾韵茹再忙，她也得一早一晚给母亲洗两次澡，只是她常累得自己晚上连衣服都没脱，就在母亲房间的地上睡着了……

　　小女儿蹦蹦跳跳跟着爸爸回来，一进门就蹑手蹑脚跑进房间，孩子从记事开始，见到的、听到的，就是外婆总在骂这个、骂那个。丈夫也已经习惯，悄悄招呼了一下，也赶紧躲进屋里。这是他们夫妻间的不成文协议，不插手或评论贾老太太的任何言论或行为，不然贾韵茹更会有种夹缝之间无法生存的窒息感。她知道因此她也不能求助于丈夫，只求他不掺和她和贾老太太之间的纠缠，自己就能减少许多心理压力了。这些年来，幸亏贾韵茹的丈夫很遵守倒插门女婿的各种协议，基本不怎么插话，夫妻间的矛盾就没有什么实质性矛盾。至于贾老太太永远看不上女婿跟儿媳妇，大家心知肚明，贾韵茹不让丈夫往前凑，也是一种自我保护，不然丈夫可能连带着一块儿被骂，贾老太太跟她的抱怨可能会没完没了。

贾老太太的怨气着实没地方出："老天爷都是瞎眼的啊，我自己更是瞎眼啊！"她恨自己摔了个截瘫，后来中风一次后，整个身体就完全不能动了，又死不了，她是真恨自己成了女儿的负担。她常看见死人在眼前晃，有时会对着这些幻觉说话："把我带走吧，让我死了算了，我就逃出去了，省得拖累女儿……盼着你下班回来，看见你这个德行，我的心疼比肉疼还疼……"贾韵茹有时也无法判断贾老太太是在跟谁说话，是在骂她吗？久而久之，贾韵茹也很恍惚。每两三个小时就必须帮贾老太太翻身一次，夜里也不能减免，开始她强迫自己起来，必须上闹钟，给贾老太太翻了身，正好再给小女儿喂一次奶。孩子不需要喂奶了，贾韵茹也想找个工人值夜班，可换了无数工人，她也不能要求人家晚上不睡觉，或必须按时给母亲翻身不带着怨气。多数工人宁可照顾孩子，也不愿意照顾老人，加上开始半年贾韵茹请假照顾母亲，贾老太太还算满意。贾韵茹一回去上班，贾老太太就开始整天哭闹。贾韵茹无论如何也不能要求工人像她一样，二十四小时目不转睛地守着母亲。贾韵茹只好下班回来后的整个晚上都陪着母亲，为了不吵醒丈夫和孩子，她在母亲的房间地上搭了一个地铺。

"我已经不记得自己身边睡着女人是什么滋味了。"贾韵茹的丈夫几乎没有抱怨过什么，而且一直陪伴和照顾小女儿，孩子与她最多的沟通是问她："爸爸什么时候回来？"贾韵茹想抱抱女儿，孩子小手就不由自主地推开她，一次她问："宝宝，你怎么老推妈妈呢？"

"妈妈，你身上有一股臭味儿！"

贾韵茹心里像被挖下一块肉，可她却不知道疼。给贾老太太洗澡，贾韵茹不能戴手套，老太太嫌疼。贾韵茹知道长期卧床的人，是无法去除身上那股老人味的，她每天都用消毒水清洗厕所，贾老太太总骂得理直气壮："你就是嫌弃我，你们小时候，哪个屁屁股不是我给洗干净的？除了你们姐弟俩，你的两个孩子的屁屁股你洗过吗？"贾韵茹不能说什么，她确实没太操过心，不只是两个大的屁屁股她没洗过，就连这个小的她也没怎么洗过，现在她得洗贾老太太的，她知道在这场平衡中是没有平衡的，只是她常感觉自己的嗅觉和味觉都有些错乱。呛人的消毒水味道散去后，房间里还是一股停尸房的味道。贾老太太长期卧床，大便越来越困难，拉不出屎来是常有的事，一旦便秘严重，老太太就更上火、更暴躁。贾韵茹有时得给老太太用开塞露，甚至得用手一点点把屎抠出来……

开始，她也吃不下饭，反复洗手、消毒；再洗手，再消毒……跟一个强迫症患者一样，即使用了很浓的香水，那种与贾韵茹这样在外人眼里永远是淡静淑女的形象完全不相匹配的香味散去后，她闻闻自己的手，仍然是一股腐尸的臭味。最奇怪的是，她弄得越香，无论是空气清新剂、熏香，还是浓郁的香水，待香味散去后，房间里散发出来的腐臭味道就越重，而她身上、手上的味道，也还是一样除不去。贾韵茹不怪孩子的疏离，她怎么能怪孩子？有时她想，她办公室周围的同事是不是也闻得到这种腐臭？她的工作间虽然在一个比较僻静的角落，又放了许多电子熏香，但偶尔还会被同事调侃，说她把办公室弄得跟佛堂一样，总是云烟缭绕，她就会很尴尬，怀疑腐臭味从她的工作间散发了出去。

"来！我抱抱你，我不嫌你臭！"丈夫总给她解围，可越这样，贾韵茹就更觉得对不起丈夫——人家娶一个老婆，搭上一个丈母娘，最后满屋子都是女的，可是待到晚上睡觉时，身边却一个也没有。小女儿大了，丈夫不让小女儿再赖在父母床上了。偶尔周末，两个女儿都有活动出去时，贾韵茹就回房间睡个午觉。可通常是她刚想闭眼休息一会儿，贾老太太就在旁边的房间里高声哭骂："生养孩子都是前世造孽，当初都说不让你要老三，你非要拼个儿子。你也不瞧瞧他们家祖坟上有那缕青烟吗？当初怎么就不把我摔死，让我现在遭这个罪啊！天天你一上班，我盼着你回来；可盼你下班回来了，你已经快累死了。周末，总可以陪我说一会儿话吧？你看你这耐不住的、忍不了的……"

贾韵茹着实无奈，她就是真想这个事，也实在没那个力气。她常常刚靠在丈夫肩膀上，还没靠实，就已经打呼噜沉睡过去。她每天晚上像给孩子喂奶一样，每两个小时就得起来给母亲翻一次身，贾老太太睡觉睡不实，总爱哼哼唧唧的，有时是梦话，有时是醒来的漫骂。在睡与非睡之间，她说的都是高深的诗，一定有她自己的逻辑，但是没人听得懂。贾韵茹常醒来要判断一下母亲是在梦中，还是可能醒来需要什么，她都得花点时间仔细聆听，这样一来，只要她第一次醒来后，就基本不能再睡实。不久前她的家庭医生已经严重警告过她，她开始有抑郁症的初期症状了，极度需要减压，更需要好好休息，最基本的要求就是保证睡眠。

丈夫看她累成这样，又没有办法替换她，这个事情他其实就从来也没有奢望过，只要能搂着老婆好好睡一会儿，他就已经很满足了。

"你听听我妈，这还是我妈吗？这说的都是什么话啊？"

"唉！你不要听，也别在意，妈就是一个病人。"

"她不一天到晚骂吧，我还真把这个事忽略了，你也是人，我也是人啊！"贾韵茹一边哭，一边解开自己的衣服……

"韵茹别这样，妈是让病给拿捏的，她一个病人，一个寡妇妈妈，确实不容易……她有多大火，我们也要理解……"

贾韵茹不只理解，她说真心想让母亲过得舒服一点，八年能把母亲照顾得没生褥疮，和她晚上一直坚持给母亲翻身是分不开的。可是前面一个工人家里催着结婚回国了，新换的这个工人没出三个月，贾老太太竟然就生了褥疮。白天的疏忽，贾韵茹就是装上摄像头，也没办法时刻检查，这良心活儿，有多少人能凭着良心去做呢？贾韵茹马上又换了一个工人，稍微好一点，可是已经出现的褥疮是非常难治愈的，无论如何改善，褥疮还是越来越多，疮面也越来越大。贾老太太疼得晚上越来越睡不好，贾韵茹的绝望就剩下这一点是清晰的，就算妈妈有一天必须得走，也得让贾老太太走得舒服一点。最终她和弟弟贾韵宏商量着，每人出一半钱，把母亲送进了专门照顾瘫痪病人的养老院。

"你们不就是惦记着把我扔出去，你们好快活去吗！你们难道不会老吗？"

"妈，这里最起码白天晚上都有护士，而且养老院里也有其他老人可以陪您说说话。"

"说话？说什么？是说你们家是怎么给你扔到这里的，还是说我们家是怎么给我甩出来的？是说我女儿怎么不孝顺，还是说你儿子怎么虐待你？亏你们想得出来！"

"姐，你就不要管妈怎么说了，养老院至少我能帮上一点儿忙。"贾韵宏也一大早被养老院的护士给吵来了。

给母亲擦完药，伺候母亲吃了止痛药睡下的贾韵茹靠在弟弟肩上，说不出一句话，她不怪弟妹从不来看贾老太太，儿媳妇、女婿这些"外人"平时都没被贾老太太真正接纳过，偶尔家庭聚会，也都是在外面的外场客套。母亲瘫痪了，这时候让他们来，在贾老太太看来就是看她笑话的。

"活着怎么就这么难啊？"贾韵茹不知道自己是在问谁。

"姐，妈早晚要去的，你要有思想准备，要放手。现在她活着的痛苦太大……""家家都不易，每种选择都不易，人最终都要去，你和我也不例外……"

"我只想妈妈走得容易一点……"

"可是我们一直不放手，她心里就有一丝希望，精神上就多一次挣扎，肉体就多一份痛苦……"大夫说的话，贾韵宏都记得不错，大夫建议保守维持，让生命做出最好的选择。来看望临终病人，是为缓解病人的精神痛苦，可是如果家人不放手，这种病人可能在生得极其痛苦、死得极其困难之间，会遭受更多折磨。

"我不看她一眼？那怎么可能？八年来姐姐我天天都睡在妈脚下……"贾韵茹双手捂住脸，双肩还是止不住地哆嗦，她无法回顾自己这八年漫漫长夜是如何陪伴母亲的。

"姐，你要想清楚，你是在为她，还是为自己考虑？我们是可以想办法让她多熬一天两天，可仔细想想，多熬一天，她就得多痛苦一天。护士说她晚上疼得嗷嗷叫，即使护士忍受得了，没抱怨这种病人给她们的精神压力和折磨，问题是妈妈遭受这样的苦难煎熬，是我们姐弟想要的吗？"

"我怎么可能是为自己考虑？难道我把她放在这里，就是为逃避痛苦，我能不管她吗？"贾韵茹的手控制不住地哆嗦。

"我们还是要来探望，不让你来看望妈，你也受不了，我看你得疯了。你就不要让她看见你来，你悄悄看看，没什么事儿，你能让自己放心就好。我一定会照顾好妈妈，我会负责到底，陪她到最后。以后，医生护士有事只联系我，你就不要一直牵挂着了……"

"我该怎么办啊？我把她送到这里，不是为让她等死啊……"

"你看妈嘴里虽然骂着，可是她盼着你来，她的痛苦表情里，还是掩藏不住看见你赶来看她的喜悦……这种喜悦和满足，可能就是一支延长生命的麻醉剂。"贾韵茹听到这里，哭得失了声，她突然想起父亲去世时，贾老太太打两份工维持生活，有时实在没有地方托管她们姐弟俩，贾老太太就只能把他们俩锁在家里……贾韵宏还小，有时睡醒了，会吵着要妈妈，她就一边哄着弟弟，一边扒着窗户往外面眺望，那种期盼与失望纠结的漫长童年时光……回忆起来，能记得的，就是天天盼着母亲回来，走廊上有一点声音，她都要爬上凳子看一看……

"妈确实太不容易了……"

"就是妈太不容易，才不能让她这样痛苦地熬着。看见你的瞬间过后，那些漫漫长夜会被持久的痛苦淹没，妈心里有一丝盼望，这种痛苦就会继续延长……"

"你别说了，让我想一想……"

贾韵茹回到家里，母亲住过的房间工人已经收拾得差不多，所有母亲用过的床和被褥都已扔掉，满屋都是消毒水的味道，似乎闻不到其他的味道了，可是她此刻竟然如此思念日常那挥之不去的腐臭味。这样顽固的臭味，只要把墙重新粉刷几遍，任何味道也不会残存，就像从未有过一场八年的瘫痪，从未有过褥疮上流出的黄脓污血。

晚上，贾韵茹躺在自己的床上，翻来覆去睡不着，丈夫也不习惯她在旁边像烙饼一样，但他还是耐住性子，自己悄悄吃了安眠药。贾韵茹眼睛盯着窗帘里透出的光，树影晃动，恍惚得分不清自己是在一条船上要渡海，还是要迈过一条山涧，她觉得自己好像在两个世界的中间，看见了母亲年轻时的样子，她感觉一阵恐慌，爬起来冲进母亲的房间，母亲用过的东西都丢掉了，还没有来得及添置新的，空荡荡的屋子里什么都没有。贾韵茹瘫软在地上，她把心口紧紧贴着地板，凉丝丝的，舒服了一点。母亲在家时，她虽然常常累得倒头就睡，可她睡着了也常睡不实，她总嫌床垫子薄，有凉气透上来，就是觉得什么都不舒服，还换了好几个床垫子，现在她却觉得母亲原来床的位置，就躺在那块床脚下的空地上，就在那股凉气里待一会儿都那么舒服。

"妈妈，不要怪我，您好好地去吧……我们总会在那边再见吧？"贾韵茹默念着，迷迷糊糊地睡过去了。

贾老太太这个晚上睡得特别好，可能是老人院的医生给她用了一些麻药，或者盼着女儿来看她，可是这几个星期她盼来盼去，女儿都没见着，有时她感觉女儿就站在床前，可她就是醒不来。每次她醒来，儿子告诉她，女儿来看她却没有忍心唤醒她。久而久之，贾老太太也慢慢明白了，她也想清楚了，这边是亲人，那边也是亲人，去哪一边都挺好的。只是女儿和儿子这边，总有疼痛让她不自由；如果过去那边也许不一样，不是说一切又从头再来吗？下辈子，做牛做马都无所谓，哪有比做人还难的？不过，至少她又能再见丈夫一面，还有久别的父母，想想父亲曾经那么疼爱她……

贾老太太慢慢进入昏睡状态，她仿佛在梦里梦见老父亲，像上次那样来接她。这次她很自然地接近了父亲，好像小时候一样，她感觉身体越来越轻，她想无论如何也要跟女儿道个别，她用尽全部的力气想把越来越轻的身体降下来，再次拉住女儿的手，还没等贾老太太说出什么，女儿的手却松开了，贾老太太这次彻底飘了起来，越飘越远。"韵茹，韵茹……"贾老太太听见女儿说："您好好地去吧……"

"缘分尽了，我不能停留在他们之间……"贾老太太终于释怀了。

贾韵茹醒来已经天色大亮，她看见丈夫站在面前，并没叫醒她，不过丈夫的神色黯然，还没等贾韵茹开口，他说："妈走了，昨天夜里，很安详……"他紧紧搂住了贾韵茹。

"我知道。"

贾韵茹掩饰不住的悲情里有种平安，毕竟母亲走得很安详。但她也有一个永远的遗憾，无法告诉任何人，倒不是没来得及看贾老太太最后一眼，也不是没来得及做最后道别；是贾老太太弥留的深夜，在贾老太太房间里，她精神很恍惚的瞬间，清清楚楚地听见了母亲的呼唤，她明明看见母亲想要抓紧她的手："韵茹！韵茹！"她却本能地撒开了母亲的手……

荒城

一

威廉从未仔细思考过到底在哪里安顿下来，应该找个怎样的伴侣，他都不确定，也不着急。可是这个人出现时，他却突然紧张了。

"人长得漂亮，缺点也招人喜欢。"威廉看着熟睡在怀里的女孩苏娅，根根清晰的长睫毛浓密得像遮住了半张脸；白皙的鼻梁上几个浅浅的晒斑，更添了几分俏皮；柔顺的长发散落在他的臂弯里。她的矫情、任性、顽劣，突然间的疏离、陌生……这些女孩惯有的小性儿，都是威廉以前难以容忍的。如今，却都是吸引他的魅力，都是她张扬爱的方式。

"说不定就是这个女孩。"威廉不知为什么会对眼前这个刁蛮的女孩产生这么多怜爱，他想象着她红颜已老，皱纹像乱麻一样团团包围着她的脸庞，他还能这样看她安睡在自己怀里。

威廉一向一两年就换一个国家住，有时公司内部调转，有时连工作也跟着一起换。他不喜欢驻留在一个地方，完全与地理无关，可能与逃离或被逼婚有关。他出生在巴黎市区，偏爱法国南部的浪漫风情，喜欢挪威森林、阿拉斯加雪原的探险，也爱澳大利亚、新西兰的自然广博……他们所在的 X 城，是一个都市化甚至模板一样的小岛，威廉这个跑遍世界、算是见过一点世面的法国人，开始思考要不要安顿下来。威廉从未思考过这个问题，是因为他根本不需要。与他有关的女人，个个都渴望和他黏在一起，并最终有个结果。

苏娅，此刻正熟睡在他怀里的女孩，第一次使他不安，他也不明白自己不安什么。从未有谁让他如此渴望安顿下来，即使在 X 城这样一个城市岛国，他一点也不觉得委屈。

"几点了？"苏娅模糊地问，眼睛迷蒙着，她还没清醒。

"十二点五分。"

"我睡着了？你怎么不叫醒我？"威廉知道现在她醒透了。

"你睡得那么香，很不忍心。今晚留下吧？太晚了。"

"嗯，不行。明天早起会吵醒你，再说我不习惯。"苏娅像变戏法一样，不到三分钟，她已衣冠整齐地在门口穿鞋了。

"你不用送我。"话音未落，她已按了下楼的电梯。

威廉回到卧房，他闻到一股女人留下的味道。以前，他会赶紧换掉床单。苏娅留下的味道总让他回到最早的恋情。二十岁的他无法判断，只让空气中弥散着荷尔蒙的味道。现在这种强烈的青春味道萦绕着，带着苏娅身上的神秘。苏娅的疏离使威廉更想要拉近关系，他更渴望探索这个神秘的灵魂，他头一次产生了强烈的征服欲。

苏娅是独生女，小时候很得父亲宠爱。父亲突然病逝，她就成了长不大的小女孩。为还掉给父亲治病的债务，母亲带着她改嫁。新爸爸在她十岁时就对她动手动脚，母亲又改嫁……她也记不清母亲因为她换过多少"丈夫"。她上大学后就再也没住过母亲家，那里更像陌生人的家。苏娅赚钱买了公寓，终于有了属于自己的地盘。苏娅不在男人家过夜，也不允许男人来自己家。即便圣诞节、华人新年去母亲家庆祝，深夜也要离开，苏娅已养成了这样的习惯。任何一段感情交往三个月，就刚刚好，爱情开始入心，就要撕下已成为自己的一部分面具，痛苦还能穿堂而过，不会滞留太久。

约会都是短暂的，欢愉后，她需要一个人睡觉的放松和自由。她受不了自己醒来时的游离状态，更受不了男人睡觉时的咬牙、放屁、打呼噜……

"下周末我不过来了。"苏娅说。

"为什么呀？"

"最近有点累，想歇一歇。"

威廉觉得委屈，他以为潇洒的苏娅很开心，他从未遇见过不管多晚都一定要回家的女孩。他常怀疑，这样到底算不算是确定的男女朋友关系。为了让苏娅周末能来他家，他研究各种菜谱，一朵蘑菇都能雕出花来。为了留苏娅住一个晚上，他甚至把主人房让给苏娅，自己后半夜就睡到客房，全新床上用品、苏娅用的全套化妆品。威廉苦恼的原因是，他不知道苏娅还有什么不满意。

苏娅知道威廉很努力，可就因为他太努力，使她更有压迫感。特别是觉得自己没有被尊重，而且还不能说。比如，睡前她想看书，威廉想看电视，还缠着苏娅陪他一起看电视；威廉总买些东西"惊吓"她，她还要表现出特别喜欢。她无法想象与威廉共同生活，可有时又渴望这个关系里的厚实感，她喜欢听威廉说："亲爱的，我好想你啊！等待你的一周好漫长啊！"这互相矛盾的需要，在她看来实在不可能。"激情时刻狂野完美得像好莱坞电影一样，现实生活中一定是情感自私的人。"她对有激情的人和狂热陷入爱情的人，有一种惧怕与防备。

二

一种流行感冒病毒肆虐，一切都在悄然改变。各城各地近乎都被侵袭，X城所处的特殊地理环境，使它还像个世外桃源。外来人口过半的几百万人的小国，日流动人口竟有几十万。本地人不太关心时事新闻，未形成对流行病的重视，偶尔可闻到其他地区受病毒困扰的焦虑味，却不影响年轻人极度欢乐。春节前，人们对宗教的虔诚、各地习俗尊崇的大型聚餐均未受到影响。

威廉有在政府部门工作的敏感度，山雨欲来，他早就按部就班做好了防备。他开始思考自己要在这段感情里得到什么。他相信苏娅闭着眼睛，也可找十个比他强的男友。"这是一个让人产生强烈欲望、不断产生欲望的女人。"他享受苏娅的俏皮，像跟五个不同的女人相处。苏娅嗲声嗲气地撒娇，让他觉得自己强大威猛，有强烈愿望去保护这个像幼弱的小雨丝一样的女孩。以前的女友从未让他觉得撒娇是可爱的。"Daddy，Daddy，我想要……"，他就想把最好的都给她，即使是自己的生命也在所不惜。

"周末去你家，化妆品总要搬来搬去。"买，全套的。

"生日送我什么啊？"

"你说。"

"嗯，不要了，我什么都不缺。"

他总像是要证明什么，像小学生要争着被老师看见、争取老师的表扬。有时他觉得是被苏娅下了"降头"，被妖精附体的失散灵魂。他怀疑自己神经过敏，怀疑苏娅想从他这里索取什么。以前的女人们什么都想要，他却常感觉无奈、无力，自己荒芜得只想逃离。苏娅越是什么都不要，就越让他不安和恐慌，还有一种好奇与莫名的激情。各种不确定的诱惑，使威廉甚至花心思结识她的上司与同事。

"哈哈！威廉，你的挑战来啦！"苏娅的老板强尼调侃他。"别不相信苏娅是一个蛮横的女孩，但能把蛮横和娇柔结合得如此完美，你绝对找不到第二个人。"强尼由衷地佩服苏娅。

"'哎！这份文件就交给你处理吧。'小伙子也许只是从她身边经过，就能高高兴兴替她多干一份活，还没怨言，你不服不行。我从不敢这样吩咐我的下属，但她可以。"强尼学着苏娅的口吻说道。

"我不知道你可不可以离开她，反正我不可以。苏娅从未提出加薪，我主动加。她真提出加薪，要多少我给多少。"强尼的坦诚触摸到了威廉的软肋，"我真的什么都舍得给吗？"

威廉在苏娅身上找到一种探索，就像进入未被开发的热带森林。森林里长满了各类远古植物，植物可变成各类恐龙、怪兽。恐惧、诱惑、未知性，让威廉对这段感情充满了探索的兴奋。他甚至害怕这种探索，会突然间获得答案，又在吃饭、睡觉、上班、下班、周末看电影的重复中。

眼前这个骄纵蛮横、有时还像虚情假意、不时迷茫失落、满脸拒绝、偶尔孤僻自闭的女孩，却让他无限怜惜。生命就在不经意间被注入某种意义，像一个普通的甜筒冰激凌，淋满鲜活的草莓酱，晶莹的草莓酱上还撒满巧克力碎。

苏娅常被灵与肉的问题考问，时不时困扰着她，这似乎是个悖论。不知不觉，她早已把青春过成无奈。当她身边的已婚女性羡慕她的自由自在与独立自主时，只有她自己知道内心的寂寥空落、荒凉荒芜，甚至荒诞，酷似《不能承受的生命之轻》中的托马斯。她甚至羡慕托马斯心中还有一个爱人特蕾莎，他把真正的爱情给了特蕾莎。无论特蕾莎如何怀疑这段感情的真实性，但托马斯是爱着她的。可相比之下，这种无牵无挂，对爱情的空心与无感，更使苏娅感觉卑微与自惭形秽。

只有她清楚那种欢愉以外，半夜三更回到家后的孤独。而且，这是她自己选择的孤独。她知道自己要比男人聪明二十倍，才能获得人们的那种如果不是爱，最起码也是尊重地对待。但允许她有这样一个灵魂寄托的世界，存在吗？

"周末你做什么了？"威廉一早就打电话。

"跟朋友去听音乐会了。"

"哎呀！早知道我早安排嘛。"

"也不常去，现在各地都在被严格管控，怕这样的活动很快会被取消。"

"你有没有想我呀？"

苏娅说不出口，可又搪塞不过去。不断被要求证明自己爱着对方，也让苏娅感觉透不过气。

"嗯。"

"什么是'嗯'吗？有就是有，没有就是没有呗，讨厌。"

"跟你在一起，有时感觉有压力。"两人都静了一会儿，"你总得让人有点私人空间，在没认识你之前，我是有朋友的呀。"苏娅不知说什么好。

"我知道。可现在我只想和你在一起。"

"问题就在这，越来越有压力，很多事就不想跟你一起做了。"

"你的意思是我们要暂时分开吗？"

"不是，不是，我是说稍微缓解一下疲劳。"

"是跟我在一起，精神有压力，身体也疲劳？"

"……"

"好吧，好像我死缠烂打似的，分手就分手，你不要后悔。"苏娅的沉默让威廉很尴尬，他红着脸冒出一句。

苏娅本想说点什么，她没想到威廉除强迫症、孩子气外，还敢恐吓她。都不说话或没话说的空气凝固了。威廉在等苏娅，想象着她也许会救场？威廉等了半天，苏娅什么都没说。

"好吧，那……再见。"

"再见。"

三

X 城这个岛国几天内受流行感冒病毒影响，很快成了与世隔绝的孤岛。这个人力物力严重依赖外国的多种族聚居小国，外籍员工染病人数迅速从几人突增至几十人、几百人。威廉所在政府部门马上组成义工小组前往支援。威廉报了名，他被派去负责两个外籍员工宿舍。员工们住在人挨人的拥挤宿舍，印族员工喜欢扎堆吃手抓饭，使病毒传播得更快。"人的境遇如此不同……"威廉不禁泪洒双襟，他遗憾自己从未注意过身边还存在着这样的群体，他感觉自己已闻见死神的气息。突然，他好想苏娅，拨通电话，却没人接听。三千多名员工等饭吃，他没时间犹豫，更没时间呻吟或荒芜。

几天后，又有大批人员患病，必须把整个宿舍区完全隔离。威廉决定与医生先进入宿舍了解状况，黑压压的人群惊恐万状、情绪激动，互相推搡着。在栅栏的另一端，威廉看见了在战争片中才看得到的愤怒与绝望。搭建临时诊所，让病人到被隔离的宿舍区栅栏外就诊，他果断地决策着。又有几位义工同事感染了，威廉赶快让已婚同事回家。他一屁股坐在厕所地上，再次拨打那个号码，还是没人听，他留言："如果我死了，苏娅，我只想告诉你，你是我此刻最想念的人。"威廉再也不想责怪苏娅什么，X 城若能打赢这场仗，若能活下来，他最大的愿望就是做个好丈夫。

威廉与宿舍区内派出的义工，照顾着宿舍区三千多人的饮食。每天都从凌晨两点工作到晚上十点，其间死亡时刻来袭。威廉脸上皮肤都被口罩和防护镜磨破了，眼睛红肿，他常累得坐在厕所地上就睡着了："苏娅，苏娅，我好想你，求你接我的电话！我可能再也见不到你了！"他不确定自己睡着了，还是晕了过去。

X 城开始重视政府的防备措施，每天上升的受感染人数，在社区中造成了无形的恐慌，足以阻止任何人离开家门。街上店铺门窗紧闭，饮食摊点桌椅贴满封条，人来人往的街区像战前撤离，一向热闹的小城已像一座人迹消失已久的空城。昔日的花园野蛮生长，垃圾桶上也长了草；野生水獭穿过水沟，闯入街区；野猪群离开热带丛林，横越高速公路……

花园之国，像个被人类废弃的荒岛。

封城措施造成地域性母婴分离、夫妻分离、亲人离世而无法道别，各种隔离成为一种新常态。流行感冒暴发后，苏娅做了一名抚慰病人及家属的志愿者，陪伴这些需要疗伤的人。苏娅切身体会到了他人的伤痛，从天而降的生死命题，每天都在考验着她，让她开始重新审视自己，思考与他人的关系。一个人，或人类，对于这个世界，真是无足轻重的。那么昆德拉叩问的"轻重"问题，真的存在吗？

威廉第一次打给她时，她在安抚一位与孩子被迫隔离的焦虑母亲；第二次是她自己出现症状后，在隔离中心接受检测；第三次……

苏娅没想到死亡这样快便把她逼到绝境，她还没来得及绝望。此前，她没有回听留言，也没有回复威廉，"也许，等这场灾难过去……"确诊后，她又不愿告诉威廉，她不相信自己会成为那千万分之一的死亡率。不必再纠结灵与肉的问题，死神来临，她发现竟然没有牵挂或需要道别的人。只有威廉，这位已成为陌路的前男友，一直执意回到她的意识里，或一直在她的潜意识里。

"我一定要活下来"，她感受到了"活着"的意义，第一次，迫切想给自己一个机会。

"威廉，亲爱的，我很想念你。"威廉不确定这是不是梦，他看不清楚眼前是什么，无法判断声音从什么地方传过来。"不太可能！苏娅喜欢叫我 Daddy 的。"威廉感觉自己在飞。

"是的，是我，苏娅。"威廉还是看不见，觉得声音不像苏娅。

"威廉，对不起。我不是一个好女孩，刁难你可能不是我的本心，是我无法摆脱的恐惧……"威廉拼命朝着声音的方向呼喊，可他却发不出声音，身体像石块一样重，一样硬，一样挪不动双腿。

医生正在抢救威廉，他被送进医院时已昏迷不醒，一切发生得太快，命运的安排，总像在试探、在考验。威廉在昏迷中听到了那遥远，却非常熟悉的声音，"Daddy，Daddy，快点回来，我好想你……"

两周后，苏娅奇迹般闯过了鬼门关。可她知道威廉仍昏迷不醒，她隔着 ICU 的双层玻璃探望了威廉。苏娅的眼泪浸湿了长长的睫毛。她一遍一遍向在昏迷中的威廉忏悔。

她渴望威廉听到她的呼唤，"愿一切重来……"她愿意用生命去爱、去接受。

鱼尾狮之恋

（一）

引子

我从澡盆里爬了出来，把餐厅大厨迪亚格今早送来的红酒从冰桶里捞了出来，还有一瓶香槟。喝香槟？还是喝红酒吧！现在才下午三点，先喝点，一会儿再睡一觉。晚上再面色红润地去宣布……

那时，再开香槟吧。

"咚咚咚！"敲门声，一定是杰克。不理他！

我一手握住酒瓶，一手拿着红酒的开瓶器，我怎么也钻不进酒瓶的木屑瓶塞里。手太滑了，又是水，又是泡泡浴的泡泡。我实在想喝上一口红酒，越着急，我的手越是不停地哆嗦……

富丽敦酒店，一个古老的七星级酒店。原建筑是新加坡英属殖民地时期的邮局。估计是有二百多年历史的古典建筑，40米高的堂皇多立克柱廊，有种皇家的气魄与尊严。我的婚礼晚宴，是本地数一数二的顶级意大利西餐。在全岛风景最好的酒店顶楼，又外接一个露台花园。餐厅一面对着古老的新加坡河和红灯码头，一面临着滨海湾，金沙酒店前，有激光表演的宽阔湖面。

多数本地人也不一定知道这个独特的餐厅。要不是几年前，嘉兴叔叔想把餐厅的大厨迪亚格介绍给我，我也没有机会找到这样一处风水宝地。当然，朋友不成情谊在，迪亚格一听说我要结婚，便主动承办了这个小型宴会。只有50人的宴会，一般酒店都不愿意接单。餐厅太小没气氛，大餐厅用其中五桌做婚宴，即使有餐厅愿意承办，也不太像样。酒店顶楼不仅风景独特，小西餐厅每一道菜，都是大厨特别为我们精心设计的，是绝不会在菜谱上出现的私房菜。

今朝有酒今朝醉吧！我心里默念着，反正准备好好撮一顿，犒赏自己这些日子为了准备婚礼的付出。我也不是第一次从婚礼上溜掉，更不是第一次"诈和"，能做我的朋友，对我这种"习惯性诈和"应该有一定的免疫力。

不过，这次逃婚的可不是我。怎么竟然不是我？这不是演电影，这是对我的惩罚。

"咚咚咚！"

"开门！罗曼，你开开门！"

杰克用拳头砸门的声音越来越响，我听得心"怦怦"乱跳。不过，我并不想开门。

反正不结婚了，急什么？刚才，我可是认真地问了他两遍的！就是为了让他有时间把不该说的话收回去。再说，也没发生什么重大事件，也不是到了生死存亡的时刻，结不结婚，那是说着玩的吗？

"我不开门，还有什么好说的！"

"求求你，开开门！我有话说……"

"你有话在外面说！"

我还是一心惦记着要把酒瓶打开，喝上几杯……放松一下，可能看到的和感受到的就不一样了。今晚，我必须庆祝又回到单身状态。再说，就是真难过，等明天回了家，再一个人难过也不迟嘛！此刻，良辰美景，我要先好好享受了它再说！

可我还真打不开这瓶子，瓶塞已经被我钻烂了，抠出一个窟窿，可能是瓶塞受潮，被泡涨了，没办法，我又把红酒瓶子放回冰桶里了，冰桶里的冰早就化掉了，成了一桶冷水。

1

"这个婚我不结了！"杰克高声尖叫着。

"你再说一遍？"

"这个婚！我！不！结！了！"

杰克怕我听不清楚，又一字一顿、掷地有声地重复了一遍。我从没听过杰克这么大声音跟我说话，再看他那张英俊的脸，灰蓝色的眼睛里只剩下了灰，冒着燃烧的火苗。这不是我所熟悉的杰克，他眼睛里喷出的与其说是怒、是燥，倒不如说是巨大的火焰喷射后燃尽的灰暗。我不确定那是不是绝望，我好怕。突然间，我恐惧极了。我怕应验了之前的诅咒，所以我让他再重复一遍……看来，这是我的宿命，没有空穴来的风！

"好！不结了好！那你给我出去！"

我没有说"你给我滚出去"，不过，我也不含糊。

早上，我们已举行完了新加坡本地华人习俗的婚礼仪式。这一长串的仪式包括：迎接新娘，入门前，伴娘团要想尽千方百计刁难一下伴郎团，新郎要尝尽"酸甜苦辣"等百味，才得以入门迎娶新娘；一对新人要给娘家亲友敬茶，表示感谢，接受新娘家人的祝福，接受红包；然后，新人及双方团队一起去婆家，拜见婆家人，同样要——敬茶，得到长辈认可，接受祝福和红包。

我们由于情况特殊，娘家人和婆家人，都远道而来，还多一个环节，一对新人还与双方家人共进了午餐。如果是在旧时代，这就算已经礼成，晚上再宴请宾客。这一纸婚书有或没有，都不比这些礼仪，以及众亲友的认可与祝福重要。

再过几个小时，所有宾客们，包括一些从美国和英国，还有中国和新加坡周边国家，特意提前赶来参加婚礼的。大家就要来见证我们的结婚注册仪式，你小子现在跟我说婚不结了？

我也不知道哪儿来的邪乎劲，那是足够推倒一头大象的力气，一把将杰克从婚礼套房的化妆间推了出去。

我立刻转身上锁。

然后，我一屁股坐在梳妆台前，看着镜子里疲惫不堪的自己，不知道是委屈，还是恐惧带来的巨大压力，一起席卷而来。泪水，如冲垮堤坝的洪流，滚滚而来……

2

三十秒钟后，我整张脸都花了。

虽然化妆师早上在我脸上喷了不少定妆喷雾，可这喷涌出来的不是眼泪，是洪水。被洪流冲刷后，我还是无法镇定下来，干脆让自己信马由缰地胡思乱想吧，反正一切都乱了。

我一边哭，一边"噼里啪啦"地把头发都拆散了，头上的鲜花，卡得太结实，我拆了半天也拆不下来。我狠狠地揪扯着高高的发髻。这化妆师可够认真的，别了多少卡子啊，我怎么都揪不动。鲜花的花瓣散落了下来，剩下的几片叶子和花茎，竟然还别在卡子里。

不是不结婚了吗？我先"拆"自己。

这个梳得板板正正的、僵硬的新娘发髻，让我很不自在。虽然拆不下来，不过几分钟后，就让我抓烂了。我把两只高跟鞋一只一只甩了出去。

舒服！我立刻轻松了不少。头上重量好像都没了，身体像轻了一半。我又反着手把婚纱礼服拉链从背后一把拉到底。底裙和内衣，也不知道是怎样三下五除二，一口气全都扒了下来，几十秒钟后，我就脱得精光了……

精光的身体，就感觉更舒服了。

这一早上，花了好几个小时化的脸妆；吹卷，拉直，再吹卷，最后一层层盘起来的头发；费了半天劲自己设计、在国外定制、左改右改的婚纱，实际上，直到今天早上，婚纱助理还在改胸口内衬，怕我低头时走光。所有一切准备，显然在顷刻之间，就都没有了意义。

　　精光的我，三步并作两步，直奔化妆间里面的浴室，拧开双人浴缸的水龙头，随手抓起放在浴缸角头的泡泡浴珠罐子，把罐子整个底朝上倒进浴缸。想起梳妆台上，好像有一大盘鲜玫瑰花瓣，我又去外面的化妆间，把那个精致的水晶玻璃盘也捧了进来，"哗"地把整盘玫瑰花瓣，也都倒进了浴缸里。

　　我爬进浴缸，两眼一闭，躺下……

　　在温暖芳香的玫瑰花瓣泡泡浴里，我眯缝着眼睛，让眼泪再流一会儿。我猜现在的我，一定是世界上最丑的新娘。

　　算了，反正新娘也不必当了，丑就丑吧！

　　我和杰克的婚礼，为什么会在这间酒店？这是我和理查德分手的地方。

　　怎么就那么巧？昨天晚上，理查德为什么会突然打电话给我？是不是真的有什么鬼在作怪？我和杰克明明今天早上还好好的，确切地说，就在五分钟之前还好好的。他怎么会突然间就像中了邪一样歇斯底里了呢？刚才杰克那副嘴脸，我从来没见过，肯定不是我所了解的那个杰克。

　　我早听过鱼尾狮的另一个传说，但那只是一个传说，是个江湖传说，不是正宗的传说。

　　不对！我和杰克当时，记得当时，非常万幸地找到了举行婚礼的地方。这间最漂亮的顶楼餐厅，可以看双海景。晚上，还可以观赏激光表演。宴会厅正对着新加坡的最新地标金沙酒店，整个美丽的滨海湾，几乎新加坡最美的夜景，全都能尽收眼底。

那头鱼尾狮，它的雕塑就在酒店前面，在彩虹的灯光下，喷出金银相间的瀑布……

鱼尾狮，既是一条鱼，又是一头狮子，它喷出的瀑布，有时是彩虹，有时是金银，象征着美好的源泉无穷无尽。它能在海洋里畅游，又能在陆地称王称霸，鱼尾自动会变成腿。它不仅拥有海洋，还拥有陆地，随时自然转换。

回想我们预订到这间餐厅的那天，真是幸运极了，太兴奋了！我潜意识觉得这里应该是一切重新开始的地方。现在，它成了爱情又一次结束的地方。就像一头鱼尾狮，在海陆间辗转，结束就是开始，随心所欲，也许不是坏事。

那时，我希望，从这里开始，将是一段人生新旅程。当然幻想过，海陆双行——婚礼极其完美。

现在一切都结束了。

那么他，我是说理查德，为什么会偏偏在这个时候，突然联系我？

3

我和理查德分手已经五六年了，从完全没有了联系算起，也至少有两三年了。就在我要嫁给杰克时，他又突然出现了。他想要干什么？当然，人家也没有说什么。何必想得那么多。是不是冥冥中，心有灵犀？也许就是一种巧合吧！

这有分别吗？别去想了，此刻确实有些心烦意乱。还好，这次可不是我说一拍两散的，也不是我逃婚，反正这次无论如何都不怪我。

想到这里，我开始有些幸灾乐祸。竟然是幸灾乐祸！

怎么可能这样？婚礼前几个小时，被未婚夫取消了婚礼，我反而似乎有种轻松的感觉。说不上如释重负，只是短暂的惊愕之后，确实有种终于可以平静下来的感觉。

不结婚更好！小姐我本就是一个来去自由的人，再怎么说也算是潇洒快活的单身贵族。这阵子忙乱得自己都不知道自己是谁了。

杰克其实绝不掩饰自己的真实感受，他和我一样真性情。就是整天一惊一乍的，我要跟上他的情绪，只能忽上忽下，长此以往非得神经病不可！

算了，就在这里躺着，富丽敦酒店，鱼尾狮面前，我是已经两次被放生的自由人。

鱼尾狮在某种意义上，隐含着另一种传说，是它的野生传说，预言不都是负面的。

我躺在宽大的浴缸里几分钟后，刚刚奔涌肆虐的思绪，渐渐舒缓了许多。

除了出去度假，我还很少独自一人享受这样的玫瑰花泡泡浴，也许在没认识杰克以前有过？

我用手轻轻拍着泡泡，看玫瑰花瓣在水里漂浮着，随着我的身体慢慢晃动荡漾着，我捧起一把沾了水珠和泡泡的花瓣放在胸前，我用手指拨弄着它们，浅粉的、殷红的、洁白的……

玫瑰花幽幽的清香，使我的情绪最终平静了下来。

以前，我是这么容易紧张的人吗？难道是这场婚礼闹哄的？还是我实在害怕结婚？为什么女生通常会得"婚前紧张综合征"呢？

女人到底都在紧张些什么？

4

昨晚，我一个人独自躺在婚礼套房的大床上，久久不能入睡。

按照本地习俗，即使两个新人处于同居状态，但在婚礼前的一晚，女生也必须和自己的家人在一起，度过单身的最后一晚。平时我们都没有家人在身边，所以我预订了两间套房，一间给我和我的家人，一间是我们的新房。按原计划母亲和哥哥全家都会从北京来参加我的婚礼，然而母亲却在我婚礼前几周突然病倒住院；最后，嫂子只能留下照看母亲，哥哥昨天才匆匆赶来，怎么也不能让我一个人出嫁。这样，其中一间就让给了准婆婆住。哥哥觉得一个人陪我不太方便，就回我的单身公寓住了。

这样的晚上，就只有我一个人。

我确实非常需要一个人安静一下。

这些日子我被各种繁杂事情拖累着，使我难得能有机会自己待会儿、放松一下。我是一个绝对需要独处的人。我甚至非常思念那些无所事事、可以无限拖延散漫的单身时光。几周来，我一边工作，一边筹备婚礼，还连续两个周末飞回北京看望母亲，我已经连轴转很久都没有好好休息了。

这样一个特定的时刻，真的就只有我一个人，还是会有些惆怅。

我如何度过待嫁前的最后一个晚上？

我觉得疲惫不堪，情绪无法回到订婚时的欣喜状态，可越倦怠越难以入睡。

我索性爬起来，站在小露台上眺望远处。滨海湾灯光和波光交相辉映，极尽奢华璀璨于瞬间的生动夜景，我却无动于衷。有一百件事情的思维纠缠不清，特别是礼服，怎么会被调包？这是我设计修改的，条件都谈好的，我必须穿第一次，我才同意付给婚纱店特高的价格。他们租给别人三次也不会得到这样的价钱……

真是不吉利，新娘穿的婚纱，竟是一件二手货。

心里烦乱透了。

远处的海水慢慢漫延过来，远远地听见涛声，鱼尾狮眼睛的颜色突然不断变幻，我感觉它在注视着我，正在与我交流。蓝紫色很快闪烁出蓝绿色、紫粉色，这代表了什么？黑色，黑色瞬间呈现出七彩。是要等待至暗时刻来临吗？

我脑海里呈现出一片空白，好像里面又有一个"我"正要逃离。就这样，"她"与一个满脑子思路万千的"我"，争执着、僵持着，看谁最后累得麻木了，好可以去睡觉。

"铃铃铃！"快十二点了，电话怎么会突然响了？可能是杰克也睡不着？我拿起电话一看，是理查德的号码。我犹豫着，有一万个念头同时涌入脑海。为什么会是他？好多年都没有他的消息了，上次……他怎么会现在打来？

5

为什么这个，为什么那个；可能是这个，也可能是那个。就好像我和理查德的恋爱关系——若隐若现。

作为狮城（Singapura）的新移民，理查德自认为是那位 13 世纪时来自巨港（Palembang）的王子。我也作为这个传说的一部分，大家都不过遇到船难，漂流到这个小岛上而已。

在岛上，遇见了他——这位偶尔变成了狮子的王子。

他说我是唯一一个第一次见面，就让他喝了两杯咖啡的人。

我问他为什么？

他说除了想"那个"，我也是他唯一想说说话的人。

我那时还年轻，我不太确定这代表什么。

可能与现在一样无助、害怕承诺相似吧，我不相信爱情真的发生了。我怕被喜欢我的人追得紧，怕被自己喜欢的人拒绝。这种一会儿是狮子、一会儿是王子的人，可能一会儿又是鱼的人，让我不知道自己是谁，什么时候在陆地，什么时候在海洋。

我和理查德分手以后，有好几年都无法进入恋爱状态。

我自己变成了鱼尾狮。时而是狮子，时而是鱼。

有过几个"热三月"的男朋友，但没有一个能热到我的心里。我无法挥散掉、不能摆脱的，是我和他之间无数个"为什么"。那些我们坐在鱼尾狮下，一人一杯摩卡冰沙的傍晚，是我不能释怀的永恒回忆。

不太懂我放下的具体是什么。那些关于海洋文明与陆地文明的碰撞或结合的争论？争论后的狂热激情？他做的地中海牛肉火腿比萨饼，可却涂抹着本地的娘惹咖喱酱，说不清楚，一种为什么可以这样吃的神秘色彩。

就是这种极富挑战性的感觉，理查德几乎成了我的心结。

"喂？"我还是接起了电话。

"你好吗？"今天，我才注意到他的声音，竟然和杰克有八九分相似，标准的伦敦音，声音清脆如银铃，音质清澈纯净。在这寂静的夜里，有种撩人的温柔诱惑。

"我很好。"

"你在哪里？我刚才经过富丽敦酒店，突然想起你……"他似乎欲言又止。

"我现在就在这里。"我也不明白自己为什么要告诉他。

"是吗？你在那里做什么？"

"明天我要在这里出嫁。"

"……"

"你没事吧？"我们都沉默了几秒钟，我仿佛听得见自己的心跳声，四周是这样寂静。我走到窗前，看见远处的鱼尾狮喷泉下，还有两三对情侣，不过没看见我们常吃冰沙的地方有人。

"贺喜你！祝你幸福！"

"谢谢。"

"你为什么没有邀请我参加你的婚礼？"理查德又恢复了那个戴着面具的状态。

"我知道你不会来。"我仍然不会拐弯抹角。

"你怎么知道？"他的狡黠的调侃又来了，我永远不知道，他什么时候是认真地开玩笑，或玩笑着认真。

我突然感觉有点累，开始想念杰克的率直，率直得毫无遮拦，率直得有时令人尴尬、难以忍受。反正习惯就好，至少不必费脑子去猜测。

"是的，我真没想请你。太晚了，明天是我的'大日子'，我要休息了。"

电影上演的那些巧合，远没有生活中的多，就是这么巧。我有没有迷茫了几秒钟？当然有。一听到他的声音，心就"怦怦"地猛跳。我承认我当时的确意乱情迷了几分钟。猜他就在鱼尾狮下，在那个我们一起喝冰沙的地方，等我。

你还会与理查德和好吗？

不会。

那心跳什么？

这不过是一个巧合。

还好，这只是一个巧合而已。

这个电话，确实把我弄得睡意全无了。

婚期越近，我越紧张。我的婚前焦虑症也越来越明显。杰克的歇斯底里，也许同样来自恐惧吧？最近大家都有些精神焦虑。我相信杰克也害怕，话说回来，谁不害怕呢？我更害怕！女生的心事，根本没地方说，也没人说。

现在才是委屈、伤心、生气、愤怒！杰克这小子，竟然敢在我们婚礼当天取消婚礼，简直罪不可赦！

我绝不可能原谅他。

6

其实，所有的"意外"都早有端倪。

我从不相信空穴来风，哪有那么简单。比如准婆婆，六个月前，我们在英国见过一面。虽然没什么好印象，不过大家都还客客气气的。她这次来参加婚礼，飞机一落地，她就开始横挑鼻子竖挑眼。一会儿和准小叔子大卫嚷嚷，一会儿和杰克嚷嚷。她的随时嚷嚷，虽不直接针对我，但造成了我精神紧张。在婚礼的前一晚，杰克和大卫正商量婚礼流程细节，准婆婆喋喋不休地说着什么，我一边漫不经心地应着声，一边想着自己的心事，我当时正琢磨不明白，我预订的新婚纱，明明是合适的，怎么会突然就大了。

突然间，婆婆抓住我的两个肩头，用力摇晃着我："你到底有没有在听我讲话？"声音之大，把正在说话的杰克和大卫都吓了一跳，他们都不由自主地停了下来，她的动作之迅猛，实在是猝不及防。我惊恐无措地看着她，完全被这突如其来的摇晃和尖声吓得没有了语言能力。

"妈，你要干什么？"杰克站了起来。

准婆婆这才注意到她的两只手，还在使劲抓着我的胳膊。杰克和大卫都给我打过预防针，杰克说："我妈跟你说什么，你都别听、别当真，她总是言不由衷。"实话说，准婆婆说的什么，我真是没听见，可老太太这不就直接上手了吗？！

这在我来看，确实吓人。一时间，我概括不出自己的感觉，我直接进入屏蔽模式和自我保护状态。大脑不思维了——死机。

整个晚上，我都没有再说一句话。

他们都回去休息了，我终于可以安静一会儿、放松一下，却睡不着。这个电话后，我就更睡意全无了。

准备婚礼的这几个星期，一切都有那么一点奇怪，似乎都猝不及防。我原以为婚礼小小的，好能有更多机会，让自己有时间与空间浪漫。实际上，婚礼太小，反而没有酒店愿意承接这笔小生意。这样，本来可以不必费心的事情，因婚礼小，都不值得专门去请人做了。然而，琐琐碎碎的事情，真是完全超乎我的想象。

我和杰克都要工作，都要从自己婚前的单身公寓搬出来，安置新房。杰克是一个英国人，在新加坡工作 4 年了，一直租房子住，东西比我这个坐地户还多。他又什么都不想扔，新房里，几乎到处是他的旧东西。我看着满屋子零零碎碎的旧东西，感觉糟透了。我连自己放在哪里都不知道，那时我就已经开始焦虑了。外加还要筹备婚礼所需的一切，真没想到，最后一分钟竟然有那么多意想不到的事情发生。我终于明白，为什么婚礼筹备期，多数都在一年以上。除了时间短订不到酒店，主要还是因为来不及安排这些琐碎事情吧！

请柬卡片要 100 张才起印，还有宴会后的感谢卡片，都是我自己手写手绘的；答谢礼物，是我们自己设计、定制的巧克力。住进酒店前的最后一个晚上，我们还在自己装盒子、扎上蝴蝶结、别上小标签。每个客人的名字的第一个字母，都印在巧克力上。所以名字和标签都不能别错了。

注册仪式，在酒店楼下的东花园。现在正是雨季，需要安排酒店搭建喜棚、布置鲜花、铺设地毯等。晚宴的餐厅，从桌子上的鲜花，到椅子上的彩纱装饰、墙上的鲜花灯饰，音乐及麦克风的音响效果，我和杰克自己制作的成长视频，定做的三层蛋糕……最后，种种细节多到令我几乎麻木了。

两个伴娘，都和我一样岁数，未嫁。她们也不懂如何帮我，最主要的是，她们也没有二十几岁的小姑娘时的兴奋与热情了。我反而还得照顾她们，选手花、选伴娘服装和化妆。最后还要到婚纱店，替她们把伴娘服取回来。

到最后一分钟，就是晚饭前，我才发现我的婚纱，竟然不合适。

我这几个星期一直在掉秤，抹胸露肩的婚纱，胸口撑不起来，不能穿。我的手捧花也不对，这个大喜的日子，似乎全新加坡的情侣都要结婚。光这间酒店，就有六对新人。好像全新加坡的新娘，都喜欢同一种花。我预订的金红色郁金香，竟然断货脱销。

我看到我的手捧花时，几乎要哭，我拿的明明是一把草。

7

婚礼前的一切都不对劲儿了。

最让我焦虑的还不是我自己，我挂念的是我的母亲。

半年前我和杰克订婚时，我就盼望母亲能来参加我的婚礼。

一整个夏天，我都在北京陪母亲选购她来参加婚礼穿的衣服、鞋子和手袋。几周前，我确认她真的来不了时，真是难过得无法形容。准婆婆说她能帮我，便早来了几天。结果，我发现自己对形势的估计真是大错特错。假如她只是不能帮忙，倒也无妨。最主要的是她还闲不住：嘴巴闲不住，手也闲不住，脚更闲不住。她非要自己出去，而准小叔大卫又素来与婆婆不和，这母子俩不能共事。唯一能帮一帮我的阿姨，最后还被派去陪婆婆游览新加坡了。

昨天，我一个人坐在家里准备我结婚注册仪式上的誓言，还有晚宴上的讲话稿时，我一个字也写不出，心里惦记着刚从医院回家休养的母亲。突然，似乎有一百件事情还没有安定下来，而我却一件也不想做。

原来，不是我写不出，也许，是我根本就不必写！

现在，我该怎么办呢？

我得想今晚怎样说？参加婚礼的都是最亲近的人，加上我和杰克总共才五十人。将近三万新币的晚宴预订金已经付了，根本来不及取消，我应该怎么说？

"亲爱的朋友们，感谢大家来和我一起庆祝，我们今晚不结婚了！"或者说："感谢大家来和我一起庆祝，我将继续保持单身？"

我想象着自己面对大家将要这样宣布时，突然觉得非常可笑！我忍不住笑了！

人是不是累极了的时候，思维都不正常？我怎么能笑得出来？或者是我太难过了，于是，"悲极生乐"？没有时间哭的时候，是不是就会这样傻癫傻疯的？我还真躺在浴缸里大笑了起来，笑的声音越来越大，笑得身体都颤动起来了。

随着身体的颤动，泡泡也在水里跳跃着，馨香的玫瑰花瓣，也起起伏伏地随波荡漾着。我不知道自己的脸上滑落的，是飞溅上去的水花，还是我无声无息、无助无望的眼泪，那种无法支撑自己的复杂感受，应该比文字表达得更纠缠，也更沉重。

8

哭哭笑笑可真有帮助，肌肉一放松，大脑的思绪也放松了，开始马上转念。

"开门干吗？"

"我有话说！"

"有话在门外面说！"

"你开了门，我才好说嘛，求你啦！"

关键时刻，我不知道自己是用哪个半球思维的，有点儿冷静得让自己害怕，即使我的内心已经"天下大乱"了，甚至整个世界都崩塌了，我也能让人丝毫都觉察不到。

这真是一种自杀模式。

我哆嗦着又爬回到泡泡浴的浴缸了。

"罗曼，对不起！我不应该说那样的话！"

这还像句人话！不过，我还是没有听出他的诚意来！

"罗曼，我想告诉你最重要的！"

等一下，杰克有什么最重要的要说？我得听一下。

"罗曼，你先把门打开，我才能告诉你最重要的！"不开门是不行了，看来主要还是我想听。

我又从浴缸里爬出来，穿上了浴衣，我本能地想知道他要说的"最重要的"是什么。

我一开门，杰克满脸是泪地一把抱住了我，好像是他刚刚受了多大的委屈似的："最重要的就是，咱俩一定要结婚！"

"说结婚的是你！说不结婚的还是你！现在你又说结婚！你当我是什么啊！"我拼命想要挣脱出来，但是他死死地抱住了我。

"我刚才说的不是真心话！我真不应该说那句话！对不起！"

又是一个不说真心话的？我的心有点儿往下沉，我不说真心话，你也不说真心话，我们的真心话，都去哪儿啦？我们的真心话都说给谁听了？

9

不知为什么，我突然就想不起来，我和杰克到底为什么吵吵说不结婚的。吵吵的一定是鸡毛蒜皮，鸡毛蒜皮都能导致嚷嚷出"不结婚了"，那就真不应该结！

拥抱的作用还是巨大的，它瞬间就颠覆了一切。

哦，我终于记得了一些，好像中午大家吃完饭时，还好好的。双方家人都回去休息了，我们原计划也是要休息一下。晚上七点，参加婚礼的宣誓和签字仪式，之后还有晚宴。

其他的，都想不起来了！

是不是他的一句"我说的不是真心话"，一下子使我短暂的记忆消失了？我顿时怎么也想不起来，好像是电话的充电器之类的。然后，他就情绪失控了。

再然后，具体情节一下子就模糊了。

总之，大家的血液都冲到了脑门，他说了一句，不！是两句"不是真心的话"。于是我就把这个关键时候"不说真心话"的人推了出去。

现在看他急得满头大汗的，鼻涕眼泪霍霍得满脸都是。

哭，好像是杰克的长项。

今天早上迎娶新娘进门口时，伴娘不让他进来，他还哭来着呢！不知是不是真的哭了，伴娘根据"接新娘原则"，必须得让他经历一些"艰难险阻"或"酸甜苦辣"才能进门。意思是做好婚姻的准备，无论"艰难险阻"或"酸甜苦辣"，都要把婚姻进行到底，日子坚持过下去。

我事先给杰克准备了不少红包，告诉他若不懂如何应付时，就给伴娘手里多塞些红包。结果他离开家的时候，慌慌张张地把红包都忘了。伴娘还特坚持原则，绝不让他那么容易就把我接走，伴娘最后真没辙，说道："你总得做点什么有诚意的事情吧？"

伴娘不依不饶。

他看假哭和装可怜想混过去是没戏。最后没辙，就做了小狗趴地上，爬进来的。杰克不仅趴地上爬进来的，还极尽搞笑之能事：把左腿抬起来，爬一步，抬一下。演绎了狗狗到处撒尿、划地盘的一幕。逗得在场每个人都笑岔了气，杰克真是一只会假哭的"癫皮狗"。

我再仔细看，他刚才换的 T 恤衫也都湿透了。早上吹得好好的头发，也都塌了下来。大汗淋漓，汗水泪水混在一起，顺着他白皙的脸颊往下流。应该说是往下淌，酒店的房间都冷得要命，他汗流成这样，应该是进不来急的。

也许，他真着急时说的，才是真心话？

（二）

1

我此刻已经顾不上去思考杰克说的到底是不是真心话，我只想再亲耳听到他认真思考一遍后的回答。

"杰克，你确定咱俩还结婚吗？"

"当然，这是我现在唯一能确定的事儿。"

我还是不相信他，其实，我现在都不相信自己了。这还不都是"狼来了"闹的！

"你再说一遍！"

"我们俩一定要结婚！我一定要把你娶到手！你一定要嫁给我！"

杰克把这几句话反反复复地说了好几遍，就好像当初怕我不把他当回事儿而不认真对待他的求婚一样，或者是他怕自己不够认真吧？他在半年里跟我正式地求了三次婚，我才最终答应了他。

此刻我既想哭，又想笑。

想哭，这个死鬼子还真是害惨了我，看看我现在！哪儿还有半点儿准新娘的模样？想笑，原来恋爱、订婚、结婚，好像是千里走单骑，真是过了一关，又来一关！

我噙着泪水笑了。

我禁不住抱紧他："你小子胆敢再做一次'狼来了'，看我怎么收拾你！"

他立刻嬉皮笑脸地说："这哪能预料？我又不是故意的！"

我们刚想缠绵几分钟，就在杰克捧着我的脸、手一仰起来的那一刻，我忽然瞥见了他的手表。

2

啊？都四点半了！离注册仪式还剩下不到三个小时了，我完全没有意识到时间如飞。我一下子就慌了："杰克，咱们怎么办？"

"什么怎么办？赶快打电话给化妆师，她不是晚宴以前会来补妆吗？请她早一点儿来不就行了？"

对呀！还有一个闺密，我本来就已经请她在注册仪式后，帮我换晚礼服的，现在请她早点过来，可以帮我打底妆。这样等化妆师一来，重新化妆做头发，就不会耽误太多时间了，万幸的是她住得很近。

"杰克，你快去楼上晚宴餐厅，看看桌子、椅子、墙壁、灯这些地方都装饰得怎样了？还有放在桌上的名卡、纪念品和鲜花都安置好了没？再顺便检查一下音箱、视频和麦克风什么的。"

"好！你现在打电话给我妈，看她 OK 吗？让她把今天晚上需要的一切都准备好。六点半，咱们都得准时下楼。"

杰克又换了一件干的 T 恤衫冲了出去。

我赶紧照着杰克吩咐的去做，一分钟也没敢耽搁。

给闺密和化妆师的电话，总共没超过两分钟，她们现在都已经在路上了。

3

"妈，您好！一切都好吧？"我踌躇了半天，才拨通了这个电话。

以后，我再也不怪杰克总不给家里打电话了。每次他都等准婆婆忍不住把电话打过来，而我在她打来以前，至少提醒杰克一百遍要给家里打个电话，省得她打来时都已经没好气儿了。现在我终于了解了杰克拖延症背后的原因。

"凑合吧！"我一听，老太太还是不爽。

今天早上，我让杰克告诉准婆婆，按本地习俗，杰克来接我以前，我是不能见婆家人的。这样，早上请她自己用餐，如果实在懒得下楼，就叫房间服务。不知杰克怎么跟她解释的，反正从"丑媳妇见了公婆"、给她敬茶的那一刻起，一直到大家吃完午饭各自回去休息，她都没给任何人一个好脸儿。在照家庭合影时，她始终背对着镜头，弄得摄影师很为难。

"您休息了一下没有？"

"我没有白天上床的习惯。"我不知该如何继续交谈下去。

"您做什么呢？要不我过去陪您说会儿话？"我屏住呼吸，想继续找话说，却成了言不由衷、假话连篇。

"不必了，我自己看电视。你们这习俗、那习俗的，省得麻烦！"听到这里，我差点忘了自己的重要任务。

"妈，您晚上要穿的晚装、首饰、鞋子或手袋什么的，都准备好了吗？"

"有什么好准备的？又不是我要结婚！"

我被撅得干巴巴的，感觉嗓子眼儿要冒烟。她说的每句话，都好像是甩出来的杀人暗器，无时无刻不"啪啪啪"地乱飞，根本没有办法接招，只好随时等着被击毙躺倒。

我得想办法完成任务。

我只想快点儿完成任务。

"妈，请您再看一眼、检查一遍，我好放心。我们这边儿忙乱，若对您照顾不周，还请您多多原谅！"

"我一个老太太，有什么可不放心的？你去忙你的吧！"

"啪"的一声，准婆婆把电话挂了。

挂我就挂我吧！反正一会儿是大卫负责去她房间接她下楼。她说得完全没错，又不是她结婚，是我结婚！

4

"咚咚咚！"敲门声，我担心自己忙着抽不出身去开门，索性把客厅的大门开着，把卧室的这道门关上，朋友进来自然会敲门的——闺密美美来了！

"啊！发生了什么事？！你怎么把自己搞成这个样子？"

看她一脸惊愕，我才意识到我的状态，可能比我想象的要恐怖得多。

我把她让进来，直接就冲进了化妆间：早上化的妆，在脸上都和了泥。睫毛膏把睫毛都粘在一起了，把眼睛周围涂抹得跟乌眼鸡一样。脸上的粉和粉底都结成一块一块的，再加上我把发髻拆下时，气急败坏的，把喷了很多发胶的头发都揪瞎了，再被浴缸里的泡泡浸湿了一半，乱七八糟的头发一团一团地披散在肩膀上。

"你快去卸妆，然后洗头！"

"你先把头发弄湿了，再用护发素轻轻梳！"美美继续补充着。

我仔细地照着做了，挺快就理顺了头发，一会儿就洗干净利索了，顿感浑身清爽。

"你自己弄干头发，我给你化底妆。"我很放心把脸交给美美，她以前是美容师。

我一手拿着干毛巾擦头发，一手抓起电话："欣慧，酒店房间门没有上锁，我在里面的化妆间，请你自己直接进来吧！"

我刚放下电话，手机又响了，我一看是杰克，一定是有情况。

"我现在在顶楼餐厅，餐厅经理刚告诉我，咱们定做的蛋糕没有送来，说是出了问题……"

我还没等他说完，就急了："快说，负责餐厅厨房的大厨迪亚格有什么建议补救？"

"他说他们现在可以马上做一个意大利的巧克力蛋糕，到时用酒店婚礼的泡沫结婚蛋糕，走个形式。"

"什么叫走形式？不是说好的，蛋糕至少要有一层，就是最上面那层是真的吗？"

"是，总之，到时没有人会注意到蛋糕是怎样的，能吃、有的吃就行。"

5

什么话？能吃就行？我们设计的这个蛋糕，他们餐厅说可以负责定制的。而且当时迪亚格和他们经理一口答应的。现在最后一秒钟，才告诉我们没有真的结婚蛋糕，还要用泡沫模型代替？

我最不喜欢本地婚礼上的那种看上去好几十层的假蛋糕，我要我的真蛋糕！不过转念一想，我没有时间宣泄情绪，现在需要集中精神琢磨该怎么办。

"你拍个照片给我看看，他们现有的蛋糕什么样子？"

不到一分钟，照片传过来了，白花花的一个五层蛋糕。估计是别人预订的，没准也是最后一分钟取消婚礼的。不敢多想，将就了，将就了，就是它吧！

"凑合吧？不然怎样？"我难免有些失望。

"……"杰克没吭声，停了几秒钟。

"你肯定你不介意？"

"等一下，你能不能装饰一下这个蛋糕？"

化妆师欣慧进来了，我跟她摆了一下手，但是没空说话，美美大致跟她解释清楚了，她没有说一句话，马上开始给我化妆。

"你看他们能不能在蛋糕上加点色彩？我要金色和粉色的，什么都好，这个蛋糕 OK，就是太素了，你懂我意思吧？"

我相信杰克不懂，可我又幻想着他能懂。

我撂下电话，想象不出杰克能把这个蛋糕装饰成什么样子。

6

"美美，你会编小辫子吗？"化妆师欣慧问美美。

"你在这里编辫子，这样的……"欣慧正教美美给她打下手，我的头发还不太干，我也没问她准备给我的头发弄成什么样子，我们好像试妆的时候，反复讨论过，不过感觉她现在临时改变了我们的计划。

"随便吧，只要能见人就行。"我想。

我现在真需要闭眼休息一会儿，嘴闭上、眼合上，让大脑清空一下。

"铃铃铃！"电话又响了。

"喂？妈！"

我有点意外，一听见是准婆婆的声音，吓了我一跳。

"妈！您有事儿吗？"一个小时以前，我刚问过准婆婆，她说没事的啊。

"我没事儿，杰克在不在？"还好，准婆婆是找她儿子。

"不在，他在楼顶餐厅呢！"

"大卫在不在？"

"他应该还在我们的公寓休息吧？一会儿就来，他一到，我就让他到您那边去！"

美美开玩笑说准婆婆想她儿子了，找了这个找那个的。

7

我的妆化得特别顺利，而且脸一洗，把刚才的疲倦和沮丧都洗掉了。我恢复了常态，和美美、欣慧说笑起来。欣慧说她还有一场新娘妆要赶，所以她早来了，却歪打正着。

美美突然问我，她的晚装怎么样？我这才注意到，她今天打扮得特别漂亮。

美美很少穿长裙子，过去的十几年，她无论去哪儿都是短裤或超短裙，而且是一身黑到底的。

我邀请她参加婚礼时，求她依我两件事：一是要穿件晚装，这样的日子我需要霸道一次，超短裙或短裤我觉得不对劲儿；二是什么颜色都行，但不可以从头到脚一身黑。

铁杆朋友就是铁杆朋友，她还真去买了一件小晚装，深灰色的，很近似黑色，非常精致高雅。美美居然为我豁出去了一次，不过小小改变，使她看上去马上就判若两人。这是我从未见过的淑女形象，亮丽迷人。但是刚才我睁着两只大眼睛，竟然没有看见！

"你要常常这样穿，一出门就迷死一群一片！"我赶快补救。

"只有为了你，我才这样穿的！"美美害羞地一咧嘴，露出两个很深的酒窝。

"铃铃铃！"电话又响了，差一刻六点。

"杰克还没回来？"又是婆婆打来的。

我突然感觉有什么地方不大对劲儿。

"我马上去帮您找他。"我赶紧回复了准婆婆,"估计杰克也快回来了,他知道时间底线,他还得冲个凉、换衣服,我们计划六点半,全部人都到楼下花园里的婚礼礼堂集合的。"

不过,我还是要保证万无一失,立刻打杰克的手机,没有人听。

打家里电话,想看看大卫出来没有,也没有人听。

"美美,你能不能上楼顶餐厅,帮我把杰克找回来?告诉他,'皇太后'十万火急,正找他和大卫呢,快去!"

美美踩着她三寸半的高跟鞋飞奔而去。

8

我心里顿时好像长满了杂草——凌乱且干燥,燥得我感觉喉咙里火烧火燎的。

我刚要大口灌水,欣慧马上拦住我:"你少喝两口,忍一下,不然你一会儿老想上厕所。这礼服一旦穿上,没有人帮忙,上厕所会很困难。"

我得听这些有经验人的话,我拿舌头舔了舔杯子里的水,好像猫一样,只稍微润了润喉咙。

门铃响了,欣慧帮我开了门,我的司仪淑娜和奥多夫妇来了。他俩也是我的铁杆朋友,今晚要为我掌控大局,主持我和杰克的婚礼。我对他俩有信心。

他们俩半年前结婚,我想杰克是在他们的婚礼上情绪受了鼓舞。婚礼的感人场面,总让人心潮澎湃。他们婚礼后的第二天,杰克第三次向我正式求婚,婚礼那个时刻的气氛,谁不会被感动呢？每个人的荷尔蒙，都在无形中被刺激了一下。确切地说，在他们婚礼前，我并不十分确定会带杰克出席，我也不确定是否让朋友们认识他。就像鱼尾狮，它们在融合时，不会有种裂变的挣扎吗？陆地与海洋的融合，总有一方某个时刻必须隐形，隐忍于另一方的阴影里。而我的不确定，主要是我不愿意隐忍吗？对方会为我隐忍吗？时至此刻，各种突发情况，都加重了我的不确定性。

淑娜说她婚前也是这样的，这叫婚前恐惧症。看来我一直有婚姻恐惧症。现在更不敢多想了。多一丝遐想，我都有可能再次逃离。幸亏，现在淑娜他们来了，救驾来对了时辰。他们是今晚我婚礼和晚宴上的司仪、主持兼中英文翻译。除了我以外，任何人的讲话都需要翻译，无论英译中，还是中译英，这种没有讲稿和事先准备的现场翻译，也只有他俩能胜任。我得先给他们安排点事情，这样我就能把慌乱的情绪掩藏起来。

"我正需要有人帮我去楼下礼堂，关照一下负责签到的人，还有发男宾胸花及女宾腕花的几个朋友。还请帮我再检查检查楼下的场地，看看是否一切就绪了。"我是想，必须以防跟结婚蛋糕一样，最后一秒钟，才发现这不对、那没有的。

"好的，你别着急，慢慢来。"他们俩赶紧下楼去张罗了。

时间六点整。

"杰克怎么还不回来？"我的心口开始发紧。

（三）

1

我越来越觉得肯定有什么事情不妥，又实在想不出，还能有什么会不妥。

我尽量用排除法，迅速扫描着大脑中一切能想象得到的情况。

婆婆的护照？不可能。昨天离开家入住酒店前，我亲自帮她装进小手包的，而且入住酒店后，就马上交给杰克保管了。我就怕这个，到时证件不齐全，根本无法完成结婚注册的法律程序。

这是今晚唯一我担心的重要的文件，只要在我们手上，准婆婆作为我们的证婚人之一，就万无一失了。我们的注册仪式，就一定能按计划进行。

应该不会再有什么节外生枝的可能了，我开始越来越盼望眼前的一切能快点儿成为过去。甚至有几秒钟，我都差点儿后悔安排这么一个婚礼注册仪式和晚宴。

"没事儿，我就是今天有些被吓怕了，这都是不必要的胡思乱想。淡定、淡定，别自己吓自己！只要杰克一心要娶我，我也一心一意嫁给他，其他一切都不重要，都会过去的。"

我把这心念说出声，强化心理暗示。我好像比刚才处理我和杰克的问题时，理智了不少，我淡定了下来。我想美美说得有道理，准婆婆就是想杰克了，毕竟儿子要结婚，也许她比我还紧张……

欣慧在我头发上，别上了最后一个卡子，我看看镜子，与早上的高发髻很不同，比较自然，不需要发胶，头发更滑顺柔软，心里舒服多了。

我相信我的妆容已经完全准备好了。现在，欣慧要去赶她负责的下一场婚礼了，我给了她一个大大的红包。她又教了我怎么在换晚装时，一起再换个发型，既简单大方，又有所变化。

女人确实应该化妆，要根据各种场合化不同的妆。化装舞会总是那么神秘，而且总有浪漫或神奇的故事发生。人一上妆，马上会进入某个角色和某个特定场景。特殊的服装，也会让人进入特殊状态。就好像演员，根据需要酝酿某种特殊情绪，使人迅速产生特定的思维模式。

我要配合我的妆容，保持一个靓丽的待嫁好心情。我干脆什么都不做了，就静静地坐下，等待一会儿。楼下的签字仪式马上就要开始了，我需要彻底放松一下。我在地毯上铺了一条大浴巾，把沙发上的靠垫都拿下来，靠着靠垫就躺地上了，我是怕自己的婚纱滚出了褶子。另外，我还听说，新婚之夜要睡的床，在婚礼仪式之前绝对不能碰。这是为什么，我也不太明白，当时没有在意，奇怪，我什么时候开始相信这些婚俗禁忌的？

躺地上，我舒坦了两分钟，赶快又爬起来，把今晚要宣读的结婚宣誓词拿出来，再熟悉熟悉，省得一会儿一紧张、一激动，我再说不清楚，或把结婚宣誓词读错了。

2

"杰克呢？"

美美回来了，我好像看见了救星，马上拉住她追问。

"他直接去他妈那儿了！没事儿，男的换衣服快，还有二十分钟才下楼呢！你赶快闭眼休息一下。晚上还早，你得挺到半夜呢！"比我大两岁的美美，结婚多年，确实非常淡定从容。

"你看楼上的晚宴餐厅，装饰好了吗？杰克怎么装饰蛋糕的？"

"都有人在操心，你的任务是打扮得美美的、睡得饱饱的，你快闭眼休息！"口吻很像我母亲。

对！闭眼，我还真是累了，眼睛还没合实，就已经睡过去了。

"铃铃铃！"手机又响了。我刚才真眯着了那么几分钟，就这么几分钟，我竟然还做了一个非常清晰的梦。我梦见自己从鱼尾狮前面走过，听见它跟我说话，我回头张望，它的眼睛闪动着蓝色的光，我刚想问它说什么，刚想喊，还没喊出声音，就被手机铃声惊醒了。这一惊，还真吓了我一跳。

"罗曼，你的客人都到了，你们本家人，怎么一个也没有啊？还有，你的礼堂，婚礼注册签字的桌子，五把椅子都摆好了，但见证席上只有四把椅子。你让观礼的人都站着啊？"这是淑娜的声音。

"啊？"

怎么回事儿？我能想象出淑娜那焦虑的样子。可我不是早就交代好了吗？为什么会这样？什么七星级酒店嘛！一会儿没有结婚蛋糕，一会儿结婚礼堂没有椅子，这简直是太冷门了，让人无法预设想象，实在令人失望！都到了最后一分钟，我还能找谁去呢？

冷静冷静，我现在要是情绪一乱，淑娜一个人在下面肯定就更乱了！我现在没有人能依靠，只能先安抚自己，思索着对策。

"淑娜，你看你能不能帮我找个酒店的负责人？请你告诉他们，注册礼堂的椅子不够，要摆满椅子，最少要摆五十把，好吗？"

"好！"

"另外，双方都没有外人，都是最贴近的亲友，不需要应酬。我们订足了酒水和佐餐零食，请你帮我招呼大家随意享用。注册仪式七点整，一定会准时开始，到时所有人都会到齐的，别担心。"

"哦！是这样啊！"淑娜似乎安定了下来。

像现在这个失误，我只能怪自己。我们当时想省钱，没有请安排婚礼细节的负责人。感觉这么小的婚礼，主持人都是自己的朋友，大家更自在，不需要花这笔额外的费用。没想到的是，婚礼无论大小，它都是一个琐碎的事情，没有人负责，就意想不到会有什么在最后时刻乱套，而且找不到能马上去解决问题的人。再加上，谁都是第一次，没有预设。只能必要时，要用"计算机思维模式"的大脑思考。

我在想，刚才梦中的鱼尾狮，到底要跟我说什么？

我常感觉这个"我"里面，一定同时住着无数个不同的"我"。多数的"我"，用"计算机思维模式"。偶尔有几个"我"缺少系统，可能不是设定好的机器，不按照程序来。这些就是会有情绪、有感觉、有态度、有欲望，而且不按照逻辑行动的。"计算机思维模式"的"我"，关键时刻就必须冲出来平衡一下。"我"可能也不敢，更不会，让其他的那些有色彩的、怪诞的"我"太任性吧。

3

杰克回来了，六点十五分。

他又是一身湿漉漉的，比刚才敲浴室门、我不给他开时流的汗还多，T恤衫完全贴着他的前胸后背。我还没来得及说话，大卫也冲进来了，一屁股坐在了沙发上。

"妈总是这样！她就是成心的。咱们每个孩子的婚礼，最后都要被她搅和得夫妻几乎要散伙，她才高兴呢！"

大卫的蓝眼睛正在冒火，他卷曲的棕色长发都竖起来了，看起来更像一头狮子。这些陆地动物，无论食肉的还是食草的，发现他们不是喜欢咆哮，就是满身是刺、头上长角。海洋动物，倒是温柔得多，水溶解了一切，又融合了异己。我看着大卫发癫地嚷嚷，脑子里停不住地胡思乱想。

"我要不是来给你当伴郎，我这辈子都不想见她！"他又对着杰克一顿嚷嚷。

这哥俩，一个一脸愤怒，一个一脸沮丧。

我再仔细一看杰克，他好像又要哭的状态。我想象不出能发生什么事，谁还能把我们的婚礼搅黄了？我们自己已经上演过一场散伙大戏了，还有什么能比未婚夫临时要取消婚礼更可怕的？

我还没来得及从地上爬起来，杰克已经一屁股坐地上了。好像他前面就是悬崖绝壁或者是世界末日一样。他终于像一只泄了气的气球，所有的松皮都皱在了一起，瘫软在地上，完全没有电了。我的思路，也像是被堵住，瞬间凝结了。"计算机模式"的思维，有个最大缺点，就是真遇到这样的烟不出、火不进的情况，也一样会马上死机。

我不由自主地把求救的目光投向大卫，希望从他那里得到些线索。

但是，大卫没好气儿地说："都看我干什么？你问我哥，你让他自己说！我们来的时候，妈就不停地啰唆了一路，我早就已经受不了，反正我明天就回去，你们别想让我跟她一起回！"

什么？他现在就已经想着回程的事儿了？

"杰克到底发生了什么事？"我实在沉不住气了，一个瘪了气、蔫了皮、完全没电了；一个没说三句话，就开始耍态度。

"我妈坐在屋里哭呢！"

"你要急死我啊？你能不能把话说完整啊？"我迅速地搜索着，回顾了一整天发生的事情。我没干什么事儿惹着她啊？她哭什么呢？肯定不是我惹的！

"你们俩谁惹着她了？"正在这时，我哥哥和阿姨也都到了，看到杰克，他们俩也都傻了！

"我们谁都没有惹她！"杰克都已经是哭声儿了。

"妈说，她把她的珍珠项链落在家里了。"

"我还以为多大个事儿呢！"我马上舒了一口气。

"我有一串珍珠项链，可以给她戴。"我马上转身要去拿。

"不行，妈说，她的那串珍珠项链意义重大，是爸爸去世前买给她的。"

"我发现妈最能拿爸爸说事儿！我才不信她呢！既然那么重要，为什么不好好带在身边？昨天出门前，我还跟她说，你把东西都收拾好了，别想在新加坡作事儿！我就知道她绝对不会放过你们俩的！"大卫还在继续"放毒"，我不能听他的一面之词。

"你打个电话问问吧？也许能行呢？"我不死心，还抱着希望，我简直毫不自知对杰克嚷嚷着。

"罗曼，你不懂我妈，她就是这样，非把别人的好事搅黄了！你问我哥，谁的婚礼她没搅和过？我们哪一个不是婚礼后几十年都不想再搭理她？"大卫气哼哼地继续"喷毒"。

我确实听杰克讲过准婆婆的厉害。尤其是在每个孩子的婚礼上，她总有出其不意的精彩演出。过去我只是当故事听，嘻嘻哈哈地乐翻了，然后就忘记了。但是万万没有想到这样的事情，也会轮到我们。

我反复地询问，杰克再三地叮嘱，大卫不停地揶揄，不就是知道她说不定会上演哪一出大戏。看来真有这么一种人，专门在自己最亲的人身上下手。想想动物食子，一般都是万不得已吧？可能那种在水陆之间游走的两栖动物，像什么巨型蜥蜴、鳄鱼、巨蟒都不会分辨幼子或食物，在它们看来，一切都是食物。

我的心一点点下沉，杰克母亲的行为，若不亲身经历、不亲眼所见，我是绝对不会相信的。

我哥哥和阿姨在一边小声说了什么。然后阿姨走过来："我看，还是我去她的房间里看看她吧？老人家有时就是在撒娇，其实，她可能就是希望大家都关注她而已。"

"我劝了，她就是不换衣服，坐那儿哭，说什么都不下楼！"杰克坐在地上，他的汗就像下雨一样往下淌。

我听到这里，心里"咯噔咯噔"，继续下沉。今天到底是怎了？看来这个婚，也许真不该结？

"我一个半小时以前还问她，她说所有东西都准备好了，既然那么重要的东西，她应该会检查过一百遍的。最后一分钟说落在家里啦？她收拾行李的时候，我就问过她了，那时就问了，至少她应该知道她带了没有。反正，我们每个人都让她检查过一百遍了。"

如果她已经不是第一次上演这样的节目，那还真是成心！

我心里默数十五个数，这样好能克制自己的冲动，或因为冲动而太快地说出任何话。不过我心里的火苗，可是一股一股地往上蹿。

"杰克，怎么办？"我看着杰克，把句子缩短，把语速放慢。

他是又累又无奈的表情，连话都懒得说了。像是汗流得快要虚脱的状态，我赶紧递给他一瓶水。我没敢问楼上布置的情况，反正那些现在都不重要了。如果注册不成，至于蛋糕是什么样子，都没有必要关心了。

"不知道！"

杰克"咕咚咕咚"把一瓶子水都顺着脖子倒下肚去了。他一下子就没那么焦躁了，反而就势躺在了地上。我挺恨杰克这种破罐子破摔的样子，我要不积极地整合自己，情绪上要是真跟着他屁股后边跑，我俩很快就都会拐进沟里，全军覆没。

"不能临时换人吗？"美美小声问我，她不是在新加坡注册结的婚，她大概不了解这里的法律程序。

这还真不能换。虽然注册仪式是今晚七点，但是我们早已经在婚姻注册局把申请结婚的法律文件、资料等呈交上去了，其中还包括两位证婚人的一切文件的复印件，申请结婚的文件会在婚姻注册局公告二十一天。如果没有人反对，没有人撤销，那么今晚会在婚姻注册官的主持和监督下，一对新人宣誓并签字，两位证婚人和婚姻注册官也分别签字，这张婚书才能正式生效。此刻，别人绝对无法代替，也不可能临时更换。

当时计划是我母亲和杰克的母亲做证婚人，我们想这两位八十多岁的长寿老人，一定能给我们最好的祝福。

结果，一个是三周前突然病倒住院。虽然临时改换成了阿姨，还好时间来得及，但我还是因此往返好几次于北京和新加坡之间，直接造成我神经紧张得要错乱；另一个，在注册仪式前最后一分钟，因没有丈夫的项链，就闹着说不下楼参加儿子婚礼、不当证婚人、不在法律文件上签名了。

"今天如果注册仪式，因为任何原因而不成功，我今后就绝不再考虑结婚了。或者说，这些都是征兆，我就是不适合结婚。"

这个声音，不知道又从哪儿跑出来了，而且越来越大。

4

我爬起来，走进化妆间，无语。我看着镜子里的自己……
狮子和鱼。

"这都是血缘关系最亲近的人。但是，她们似乎都在千方百计阻止我结婚。"

"你不能这样想，这些都是巧合。"

"那穿上不合身的婚纱？拿着像一把草的手捧花呢？"

"婚纱不是已经改好了吗？不是拿玫瑰代替郁金香了吗？"

"那早六个月前就订好的蛋糕呢？那两个小时以前突然发疯的杰克呢？那个飘忽不定、阴魂不散的老情人理查德呢？那条鱼尾狮呢？"

"好事多磨，不都是这样说的吗？你要正面思维。"

"或者说，这些血缘关系最亲近的人，她们都可以这样不靠谱，那么，这个世界上，我们还能信任谁、仰仗谁？"

"你更不能这样想，她们都老了，她们自己都不能帮助自己了，她们说什么或做什么，可能都已经不自知了。"

房间电话又响了，打断了一大群内心世界里的"我"，一群狮子与鱼的对话，各种声音乱作一团，它们势均力敌地想说明一切。

"罗曼，你们快下来了吧？这里完全没有你们家的人，双方家人都不下来，大家都觉得很奇怪啊！"淑娜打来电话。六点三十分。

这原本是我们全家人一起下楼和宾客见面聊天的鸡尾酒会时间，更何况杰克和我都有一些朋友远道而来。有些从海外飞来的，还有驾车从马来西亚赶来的，来得最迟的昨天也已经到了。我们双方都置宾客于不顾，确实非常失礼。而且本地宾客也都基本到齐了，只是下面的婚礼注册大厅，还没有一个本家人出现。

"一切正常，一会儿都下去，你先放轻松，请随意些！"

真的会有人注意到吗？我装得挺淡定。趁大家都在那儿充分做自己的时候，我现在最想做的其实是换上我的运动鞋，从另外一个门溜出去。

所有的"我"都不再争论了，顷刻间都消失了。狮子归狮子，鱼归鱼，无论传说多么神奇迷人，现实必定是残酷的。现在，一切退去，就只剩下一个"我"，而这个"我"正在想办法逃离现场。

我从套房的另一个门悄悄地走出来，反正穿上运动鞋，我顿时自在了不少。

我两手提着婚纱的裙摆，站在电梯前。不行，我不能坐电梯，这样马上会被发现，新娘要逃跑。我看到楼梯的指向标志，那个红色的箭头。这种箭头，不应该是绿色吗？为什么这里是红色？

我正找楼梯，这间套房，在角头，正门这边斜对着楼梯间。而我溜出来的是后门，旁边就是楼梯。

"从这里下去，这样才不会容易被人发现。"

"叮叮！"电梯到了的声音，糟了，我想赶紧躲起来，一着急我踩到婚纱下摆。运动鞋没有跟，高度不够，撑不起来，拖地的婚纱就更长，我总踩到自己。表妹L从电梯下来，她匆匆走过来，身上带着一股香气，就像一阵风飘到了我眼前。

"怎么了？咱们下去不？"

我神色不定，一时间不知道该说什么，想解释一下，我要下去，可下去干吗呢？

表妹L马上发现情况不对，她没继续询问。她愣在那里，足有三十秒钟，我不敢看她，也没有挪动脚步，我低头想把裙摆抽离地面多一点，也许这样跑起来才会快。

表妹L看我抓紧婚纱的两手不停颤抖着，她什么都没问就都明白了。

表妹L一把攥住了我的手，我才发现我已经不知不觉地走到了楼梯口。

我不知道，她若晚来一秒钟，将会怎样？

她就这样攥住我的手，我们都没有再多说一句话。

5

我不知道表妹 L 是怎么想的，我的大脑完全空白，所有的"我"都藏起来不见了。

狮子显然非常挫败，它想脱离这种困境，所有的鬃毛，都密集地摆动，那些在鱼尾狮脚下喝冰沙的傍晚，那些我渴望而跃跃欲试的群星坠落的深夜，我想念这些不必思考结婚不结婚，是留在陆地，还是留在海洋，在两难的选择中摇摆的日子。

但是，这是不可能的。

每个生命，无论是狮子还是鱼，都要选择。

表妹 L 拉着我，从我刚才溜出去的旁门又溜了进来，我们回到套房的卧室。大家都没有注意到这个瞬间所发生的一切，表妹 L 从卧室里走出来，也没有引起任何人的注意和异议。

"大卫，你知道项链放在哪里吗？"表妹 L 听了众说纷纭 30 秒钟的讨论后马上问道。

"刚才我妈说了，就在他家客房的五斗橱上面。"

"走！你跟我回去取项链。"表妹 L 对着大卫说。

"来不及了！一会儿我跟我哥把我妈绑架下去！看她敢不签字？"大卫的意思我明白，就是要逼准婆婆就范："你想搞黄人家的婚礼？没门儿！"

"你想她是谁啊？她是你未来的婆婆。她不爽，她整晚当众给你脸色看，你的婚礼不留遗憾吗？"

表妹 L 对着我，嗓门特大。所有的人都把注意力转移过来。全部人都看着我。

我看着大家。

仿佛今天能不能结成这个婚，或者表面上看起来"正常"地完成这个婚礼，就全看此刻的"我"怎么决定了。

空气在万般寂静中凝固了十五秒。

"好，你路上注意安全，不要莽撞驾车！"

多少岁的新娘，就得配多少岁数相近的伴娘。不过，我的伴娘，必须有二十岁的冲劲儿，还要有四十岁的智慧。

"快！拿婚车钥匙！"

幸亏当初我决定婚车就停在酒店门口。这样，可以省出不少时间，而且回来时，也不必自己去泊车，可以直接丢给酒店门童。

伴娘和伴郎，闪电般飞奔去救驾了。

六点三十四分。

6

我原来是想，老太太也许就是要给我脸色看。不过，我不相信她会真拒绝签字。

但仔细琢磨表妹 L 的话，很有道理。确实如此，婆婆真要作上一个晚上，杰克和我都不会好过的，这么美好的夜晚，我差不多一辈子，都在想象和等待这个时刻。

这么高大上的酒店，庄重的婚礼和考究的晚宴，这么多来自世界各地的亲密朋友，此时此刻，都不可能重来。至少我们得使出浑身解数，努力让这位准婆婆大人满意。哪怕就这一会儿，也应该是目前最好的方案了。

在表妹 L 带领下，一切思维都回到了正常模式。

我刚才一瞬间的逃跑开溜，可能狮子与鱼的组合短路，一个上不了岸，一个入不了海。这种两不靠的断裂感，让我只想逃离。我们是鱼尾狮的国度，我总不能变成科莫多巨蜥，变成食子食人的两栖动物吧。逃离，可能是最友善的，最多只能怪我有习惯性的"逃婚"。

上一次逃离，是理查德约我回家见他父母。

机票已经预订好了，我准备圣诞节和理查德一起去伦敦。他为了诱惑我，确保我能同去，还预订了新航的商务舱。不知道为什么，我有种被逼婚的感觉，最终归结于无法面对婚姻的承诺。

在我看来，千里迢迢去见人家父母，怎么也算是一种承诺。临行前不久，我找了个借口推辞了。在某种意义上，这不就是"逃婚"了吗？不能不说，这是造成我们最后分手的诱因。之前几次都是类似的情况，当然最严重的一次，是我从婚礼上跑掉的那次，那时我 23 岁。

我完全不能解释，我到底为什么不能长久地面对自己许下的诺言，即使我那么渴望与心爱的人长相厮守。

我总是最终拒绝我所最渴望的一切。

我一边被混乱的思绪纠缠着，一边看起来百般淡定，按部就班安排着眼前的一切。"杰克，现在马上去告诉妈，准备好下楼，婚礼前项链一定会给她戴上。"

阿姨已经过去陪婆婆，我一再嘱咐她，要和婆婆一起下楼，这样确保一会儿项链到了，别再找不到人。哥哥和美美，代表我们本家，帮杰克去召唤客人。杰克这才有了力气，爬起来去冲凉、换衣服。

我和杰克很快穿戴整齐，笑容可掬地出现在酒店大堂。六点四十五分。

我在礼堂外面，和我自己的朋友寒暄打招呼，一起合影留念，杰克已经进入结婚礼堂，做好一切迎娶新娘的准备，就等待我过一会儿挽着哥哥走进礼堂。

我看起来情绪正常吗？我望着酒店大堂廊柱上的玻璃问自己。

至少，在外人看来，一切都是正常的。

和我无数次想象的完美婚礼一样：洁白的礼堂布满了美丽的鲜花，红色的地毯上面撒满了馨香的玫瑰花瓣，我拖着长长的洁白的婚纱，挽着哥哥的手臂，在音乐声中、在热烈的掌声中、在祝福的笑脸中，我好像花仙子一样飘逸地走进礼堂……

7

阿姨拉着准婆婆的手走了过来，我停止了幻想。

阿姨悄悄地跟婆婆耳语着，幸亏阿姨是土生土长的新加坡人，中英文都很流利，她们之间没有任何沟通问题。看得出阿姨使出浑身解数，在极力哄着这位"老佛爷"婆婆。不知为什么我开始在给她起外号，"老佛爷"的确很适合她；而且我还觉得，我母亲没有来，简直是不幸之中的万幸，感谢天意！

想象一下，我母亲比我准婆婆大八岁，谁会搀着谁？阿姨应该搀扶谁？这老佛爷的所作所为，我母亲一定看不惯，而且也受不了这些惊吓，若跟着我一起着急，血压再一高，当场犯个心脏病，那可怎么办？想到这里，我后背直冒冷汗，我的手心都渗出了汗，我明白了我的潜意识之外，为什么会有几十秒钟想逃跑的想法，而且，几乎差点就逃跑成功了。

我这边的朋友，多数见过我母亲，而且特别熟悉的、能和她一起吃饭喝茶的人就有一多半，这样大喜的日子，哪一位不懂得过来和母亲寒暄一下？那么这个连自己儿子的大喜大婚的日子都要吸引家人甚至全部人的注意力的"老佛爷"，将怎么处理她的羡慕嫉妒恨呢？一时间，我脑门儿和后背都渗出了汗。

现在，一对新人两边，就一个真正的长辈，阿姨又相对年轻得多，而且是位见谁哄谁的老好人儿，"老佛爷"其实根本不必拔尖儿，都已经是尖儿了嘛！

"真蠢！真蠢！真蠢！"

我无法克制自己这样想，但又觉得可笑。"这么蠢的人，能把杰克养成一个什么样的人呢？"那些恶俗的"我"正在搞怪，我不知道自己能不能掩饰得住从心底生出来的对准婆婆的厌恶，我相信我厌恶她的表情，一定早已爬上了我的脸。

我赶紧把注意力移向窗外。今年的雨季、雨水比往年大。今天就已经下了好几场了，一会儿瓢泼大雨，一会儿淅淅沥沥的小雨，一会儿艳阳高照。现在，天这样阴沉着脸，真是不好说，也可能一会儿风来了，雨也来了，也可能一阵风过去，晚霞彩云很快就映在天边了。

一些赶着参加婚礼的人，匆匆地从大堂那边走过。今天这个酒店办婚礼的太多了，停车一定太困难。我千叮咛万嘱咐宾客，尽量不要开车，因为停车困难；不要坐出租车，以防下雨堵车；坐巴士和地铁应该最省心，地铁站上来就是这间酒店。结果大家都七早八早地到了，没有一个迟到的。当然，除了我们本家人。

我正在心里默默祷念："这个时候不要下雨，千万不要下雨！"今天有过几次瓢泼大雨，但还好都在最重要的时候停了。

"哗哗哗！"倾盆大雨说来就来了！我的心不由自主地又揪了起来，即使我知道揪心完全没有帮助且毫无意义。只是我这个表妹 L，是个有名的飞车党，我真希望她不要为了我而赶时间。

"你的婚姻注册官呢？"

淑娜这时跑过来问，她不问我都忘记了，对啊！我还没有看到我的婚姻注册官呢！

8

我的婚姻注册官，其实是最主要的人物之一。没有他，一切皆是白扯，连形式都算不上，也只有他能把这一切形式变成庄严的、合法的。婚姻，也因此称其为婚姻，不然一切就是瞎闹一通。

我突然想婚姻注册官要是不来，甚至就算是来了但迟到，赶不上我选择注册的吉时，那七点整，我还真就直接宣布婚礼取消。

此刻，我对什么都已经没有了忍耐性和容忍度，我不再相信眼前的一切障碍只是巧合，我更相信阻拦我们结婚的都是天意。

我看着淑娜，完全不知道该说什么，如果告诉她现在的真实情况，或半点我的真实想法，她立刻会乱。我还是忍住了，其实人一生中能说实话或暴露自己真实想法的时刻，确实没有几次。

"没有关系，时间还没到，实在不行推迟一两分钟也不要紧！任何时间都是吉时。"

我也只能装腔作势，甚至必须装模作样，简直有点儿道貌岸然。刚才对婆婆厌恶至极，又不能像杰克和大卫那样直抒胸臆，还得想办法安抚取悦，这不是"道貌岸然"是什么？

我开始寻找阿姨，这位婚姻注册官是阿姨帮忙找到的。

在婚姻注册局注册，只能在政府部门上班的时间，繁忙日子还要在其他地方注册，如今天这样，就需要自己想办法额外安排。正好我选的日子，又好像全新加坡的情侣都要注册结婚，完全没有能胜任这场注册仪式的注册官。当时，还碰巧阿姨认识这位业余注册官，尤其是他，特别高兴，愿意为我们义务主持注册仪式。

但是，他现在在哪里呢？已经六点五十分了。

阿姨说，她早已打电话给他了，但他的电话一直没有人听。看来阿姨比我紧张多了，所以我得装作还算轻松的样子，不然阿姨会为此内疚的。

我现在什么都不设想了，不过我看了一眼手里紧紧攥着的婚礼誓言，这些我刚才还怕读错或读不顺的句子，我也许再也用不着了。

我想象自己过一会儿，就一个人走进礼堂，跟大家宣布……

大卫这时好像百米冲刺地跑过来，我远远地看到他，他手里举着一个紫红色丝绒的盒子，冲到我们面前的时候，几乎刹不住脚上的冲力，停不下来，在大理石地面上出溜了几十厘米。

雨，在这个时候竟然停了。六点五十五分。

9

阿姨给准婆婆戴上了这条珍珠项链。

我看到婆婆的脸色缓和了一点儿。一串洁白的珍珠项链，配上她藕荷色的晚装，确实非常出色。我看到她的笑容，我也微笑了，这是从内至外的微笑。一直拥堵在我心口的罪恶感似乎被宽恕了，有种被无罪释放了的舒心。

我跟阿姨说，请她带准婆婆进去礼堂先坐下。这样，大家就都会随之坐下，只要注册官一到，婚礼就可以马上开始，若不耽误时间，也许还能赶上我的吉时。

赶不上吉时或注册官没有来，那我就……反正，我准备好后者了。我相信此刻一定要顺应天意，我绝不打算再跟命争了。

我从礼堂的门缝往里面扫了一眼，大家都已经坐好了，摄影师正在调换位置取景，准备在拍摄注册的签字仪式的瞬间可以拍出最理想的照片。大家似乎都清楚时间快到了，应该还有什么环节有些蹊跷，注册席上既看不到文件，又空无一人。几位老朋友一边小声交谈，一边朝门口张望着。

此刻的我，本来应该心急火燎，但实际上却平静如水。

我的两个伴娘和我哥哥，他们还都站在礼堂门口附近，若无其事地在一旁说笑着。

我不知道自己从什么时候变得如此迷信的，我必须承认，从挑选良辰吉日，学习婚礼习俗，到吉庆禁忌，我时时处处都是非常小心的。我甚至尽量避免与相冲相克的属相在特定的时间段里同时出现。然而实际上，一切都很难把握。比如，我早上出门去婆家敬茶时，离开象征着娘家的套房时，应该让属牛的回避一下。我哥哥属牛，我哪能跟哥哥说："哥，今天我的大日子，您回避一下，我现在要迈出门槛了？"

哥哥忙前忙后的，我不可能说得出口。就好像现在，我也不可能告诉他，我有可能宣布取消婚礼。哥哥正和我的伴娘说话，表妹正在描述她如何抄近道和闯红灯，全然不知，此刻在无声无息地静默中，我早心意已定，只要七点，注册官若不出现……

这些禁忌从哪里来的？它到底是限制了人的正常思维，还是规范了那些不正常的思维？人不都是越无知才越迷信吗？我之所以这样迷信，不只是因为我内心恐惧吧？也许我对眼前的一切根本不确定，恐惧自己一脚踏上了"贼船"，恐惧此后的人生将是一场赌博，我更加恐惧的是，我就要把命运及未来，都交托给一个陌生人……

"对不起，时间紧张了一点儿，刚才在别的地方主持了一场婚礼，雨中路上又实在塞车。"

我的注册官好像从地上冒出来一样。六点五十七分。

司仪淑娜夫妇安排注册官坐下，他把带来的文件从公文包里拿出来，摆在桌上。看来他事先已经准备好了。大卫把结婚戒指，轻轻地放在玫瑰花下的金丝绒枕托儿上。

大家很快就安静下来，结婚进行曲响起。七点整。

10

礼堂的大门徐徐打开，我挽着哥哥的手臂，随着音乐，踩着铺满玫瑰花瓣的红地毯慢慢地走进来。

我远远地看见我的新郎，我的眼睛开始模糊……

这样一个时刻，只有勇敢地走过去，走下去。

在宣读结婚誓词时杰克哭了，我也哽咽了。

交换戒指。整个礼堂寂静无声，神圣而庄重。

在结婚证书上签字时，我的手不停地颤抖。我握着笔的手，抖得无法平放在证书上，我赶紧用左手攥住右手，飞快地签了字。这是我这辈子最烂的签名。整个礼堂寂静无声，庄重而肃静。

"现在你们可以拥抱了！"

我们好像从未好好拥抱过，怕再没有机会拥抱了一样，久久地、紧紧地……深陷于彼此之中，屏住呼吸地深刻感受着对方。抱在一起的我们，好像是刚穿越了整个世纪而终于再度相遇的两个老朋友，所有的人都已不存在，整个世界都变得模糊，热烈的掌声都似乎渐渐远去……

只有我们俩，只有此刻。

"现在你可以亲吻新娘了，至少十五秒钟哈！"

注册官小声叮咛杰克，也许是因为本地华人当众接吻还有些害羞，许多人的接吻太过草率，而显得不够庄重和浪漫吧？

我们的拥吻，不知过了多久，我听到耳边热烈的掌声一阵又一阵，我宁可让此刻再长久一点，不要来生……

11

凌晨两点，婚宴餐厅楼顶花园酒吧，仍然闪烁着七彩星星。楼下的鱼尾狮，喷薄的迷雾中隐隐有个身影，在七彩的水雾中若隐若现，湖面上倒映着金沙酒店的七彩灯光，就像好莱坞电影《疯狂的亚洲富豪》里的场景一样，最迷幻的、最疯狂的、最不契合实际的，都会在某个瞬间，落下帷幕，落入凡间。

星光灿烂的凌晨，我们撇下眼前的迷梦与迷幻，也撇下一些贪杯的在餐厅楼顶花园里继续喝酒的朋友，迫不及待地回到了套房。

任何狂欢与迷幻，都不如此刻。

只有肉体上的互相拥有，才能慰藉我们饥渴的灵魂。没有人说一句话，没有人需要含蓄，没有人需要以往的种种游戏、调侃和逗趣，甚至没有人想要温存含蓄，我们只想最快速地、最充其量地、最真实地、最彻底地、最无禁忌地、最不需要思考地拥有对方，拥有此刻……

我们完成了鱼尾狮的结合，一块陆地，一方海洋，终成一体。

凌晨三点十五分，我们渐渐恢复平静。我望着窗外仍然光怪陆离的景色，感觉又略微不同于昨夜。景色依然，心情迥异。平静下的惊涛骇浪，不会有人体察到。而此刻，我也无法预知自己的未来。就像鱼尾狮，无论是哪一种文明的融合融入，都将是一种挑战。

红颜知己

一

她走进咖啡馆，坐下来什么都没说就哭起来了。

朋友 A 让她哭了一会儿，什么都没问，只给她要了一杯她喜欢喝的咖啡。时光慢慢流失，没有人说话。咖啡真是个好东西，关键时候提神醒脑。喝了咖啡，她振作多了："他的红颜知己把电话都打到家里来了。"

"他的红颜知己跟你说了什么？" A 问。

"她说她和他是真心相爱的，而且他们更般配。她让我把他让给她。我实在听不下去就把电话挂了。"

她和他，两人从小是同学，算不上青梅竹马，但是自由恋爱。虽然都是知识分子家庭出身，但他们考大学时成绩都不怎么好。他们大专毕业后就结婚了。两个人婚后住在她父母家，到自己能买个小房子时，孩子已经上小学了。她自己一个人带孩子、上班、照顾双方老人；他从补习大本的课程开始，努力了十几年，他也终于从国外读完博士回来了。

从读研究生到读博士，这七八年当中，他们基本上是两地分居，一年也就见上几次面。两个人都有说不尽的辛苦。他得一个人克服异地的生活艰难、学习上的重重障碍、思乡恋家的寂寞孤苦；她不得不一个人照顾自己和孩子的生活，心思都花在孩子的教育问题、照顾双方老人和繁忙的工作上。各种的劳烦和压力常使她透不过气来，同时要节省各种费用。大都市的生活，每天路上的奔波已经耗费了几个小时，筋疲力尽的她，再也没能像她和他年轻时那样，定期去打球或跑步了。

一个有能力的男人可以同时面对各种挑战，他慢慢熬到一个人吃饱了就只需要把书读好的神仙境界。在他读博的最后两年，他逐渐适应了读书生活，开始有时间享受读书的闲暇时光，参加了学校的一些社团，加入了健身和篮球俱乐部。四十多岁男人的健康风采，让人眼前一亮了。

她的生活环境也有所改善。孩子大一点儿，特别操心的时候也慢慢在减少。然而长期的劳累困顿，使她感觉最大的娱乐，也就是有时间跟朋友一起吃吃喝喝。终于苦尽甘来了，朋友们总调侃她："你别再胖下去了，等你老公回来不要你了。"可是她最大的精神享受，就是吃饱后能有会儿工夫躺在沙发上，看看电视。

于是，他和她站在一起，他有着中年知识分子的知性、英俊、干练；她还是一样风趣开朗，只是明显有些臃肿和过于不修边幅了。

她最终还是选择了和他的红颜知己见面。

他的红颜知己至少比她小十岁，看起来就好像比她小二十岁。一个非常精致高雅的女人，知性爽朗，得体的穿戴讲究而不奢华，时尚而不落俗套。她心里想：真带劲！这要不是自己老公的红颜知己，说不定可以和她做朋友。

她不记得，两个人见面都说了些什么，只记得自己一直在反复地思考着几个问题：这是一个狐狸精吗？如果这真的是狐狸精，那谁会不喜欢呢？她漂亮开朗，风趣健谈，还是一个运动健将，很像年轻时的自己，而且是一个博士，她真的太优秀了！她只不过是在争取她自己想要的幸福。

她无法不欣赏自己的"情敌"，"跟她比我有什么？她有修长的身材，我没有；她有姣好的面容，我没有；她有满腹的诗书，我没有；她有大好的青春，我没有。她的确是卑鄙的，她在用她的智慧掠夺我的情感财富，但是，她又是勇敢的，她只不过是在争取她想要的男人。"

"他们现在还有了爱情，我们有什么？爱情，我和他也曾有过，我们现在还有吗？我该怎么办？"想到这里，她心里真没底了。

他，整个故事的焦点人物，此刻在做什么？

他完全没有想到事情会闹到这个地步，从他和红颜知己认识的那天起，说不喜欢这个年轻、有个性又聪明能干的女孩子，那太不诚实了。

从红颜知己身上，他再次感觉到了青春活力的萌动，就好像初春的傍晚，他不仅嗅到了泥土的芬芳，还能感觉到春风拂面的温柔。他冲进球场和健身房，健美和力量，又重新被赋予了意义。

在读博的最后一年，他仿佛回到了十八九岁，每一天都充满朝气。他内心深处从来没有想过要离开自己的家庭，特别是他有一个可爱的女儿，女儿就是他的一切，可以理解为他人生奋斗的目标。背井离乡的一切努力，不就是为了让家人过好日子吗？这一点，他从来没含糊过。

他与红颜知己的交往非常谨慎。即使这个年轻的女孩子一直主动追求，他也只是半推半就，含糊其词，模棱两可，永远避重就轻。他自始至终都只想让自己枯燥的读书生活能射进一缕阳光，偶遇一丝清风而已。

当然美好的读书时光随着回国而结束，让他又重新回到现实中来。

坦率地说，现实也很美好。在筹备论文的过程中，他已经找到了一份薪水丰厚的差事。回到家里来，一切都是自己熟悉的，既温馨又温暖。他和她本来就是亲密朋友与和谐的伴侣，那种老夫老妻的感觉也相当甜蜜。鱼和熊掌本来就没有办法兼得，这明明是两个完全不一样的美好事物，各有千秋，根本无法互相代替。

这是他沉默的根本原因，如果太太和红颜知己，只要互相不知道或即使知道也心照不宣，便一切安好。鱼和熊掌兼得的完美状态还着实维持了一段时间。红颜知己越来越不满足了，特别是节假日，他总要回家，他总想回家，他必须回家。哪个单位也不能老加班吧。

他其实也开始觉得有点儿累，毕竟是两边忙乎。读书的时候，没有必要顾虑其他，学习、健身和红颜知己，一个美好的劳逸结合。现在是工作、家庭和孩子，已经非常美满了。但见到红颜知己时，仍会春心荡漾，不过他还是无形中感到一种压力，这是一种时刻都存在的压力。连走在自己熟悉的城市街道上，都开始有一种不安的感觉。

幸亏太太她大大咧咧，并没有发现什么异常。只是最近，他意识到她似乎知道了些什么。他痛恨自己太不小心，太过信任红颜知己，他想不起来究竟是什么时候让这个小人精，竟然把自己家的电话号码搜索了去。

他知道红颜知己一定是故意要这么做，她对自己已经有所规划和安排。至于这一点，他心里多少也有一丝不爽，此小女子也太有心机了。

现在是山雨欲来风满楼。他无时无刻不觉得两边都有压力。不知为什么，他一方面恐惧着，另一方面又盼望着，听起来似乎有些矛盾。他很怕太太知道，在某种程度上，他又渴望这个事情有一个了断。他甚至希望她能大哭大闹，最好要生要死，万一有一天一拍两散了，他至少在心里不会太愧疚。

他开始庆幸红颜知己把事儿挑明了，自己从此再也不用偷偷摸摸了。太太她要么接受现状，当然这是最好的状态，他既可享受鱼，又可享受熊掌。只要太太接受了，他认为自己绝对有办法说服红颜知己也接受现状。太太若不接受，那就做一个了断好了。

现在她的沉默与冷静，那是暴风骤雨即将来临之前的黑暗和煎熬，对于他来说简直就是惩罚。大家都早已心知肚明，却又躲躲闪闪，故意不去提及，往日的温馨与温暖，早就荡然无存。

他不明白，她到底在等什么？

二

她确实是在等，她不是在等别人，她是在等自己。

她等自己把问题想得更清楚：他和他的红颜知己应该有了真感情，程度有多深无法判断。反正红颜知己有了家里的电话号码。而且，他那么理直气壮地用沉默来答复一切。他竟然允许他的红颜知己来和我谈判？即使他天天和我在一起，他的心也给了别人。这样的人，留着还有意义吗？

想明白这些，她是很害怕的。她知道自己没什么选择了，面对一个沉默的丈夫，她还能怎么样。她想象他如何跟她开口，想象自己应该如何反应，但是什么都没有发生。她气愤、伤心、恐惧、焦虑之后，什么都没有发生，她反而突然间觉得轻松了。虽然她还不敢去想象自己如何面对没有他的日子，不过她的心里，开始慢慢放下了。

同样一间咖啡馆，她喝着咖啡。朋友 B 问她："你真的想好了？"她沉默了良久，又把这些天想清楚的问题仔仔细细想了一遍："是的，我打算离婚。"

B 说："既然你已经做好了离婚的打算，那不如想一个死马当活马医的办法，也许还有救呢？"

"什么办法？"她的眼睛马上亮了起来。

"我给你出的这个主意，你必须先答应我两个条件。"B笑眯眯地说。

"你快点说啊！我着急着呢！"

"别急，你说死马要是活了，那是怎么样一种情况？"B反问她。

"那就是红颜知己立刻消失，我和他的生活又重新恢复到原状。"她抿了一小口咖啡，神情更专注了。

"好，你和他的生活恢复原状。那你必须承诺，永远不再提这匹死马。"B也一脸认真。

"什么意思？我没听明白。"她有些迷茫。

"就是永远不提这件事，我指他的红颜知己和他发生的这件事，就好像从来没有发生过。你根本没见过这匹死马，你能做到吗？"B不疾不徐地把每个字都说得很清楚。

"这个啊？我不敢保证。"她把头低下，思索着。

"如果你做不到这个，这匹死马就算救活了，那又能怎样？你今天不高兴了提一下，明天不爽了又提一下，死马的阴魂就会永远留在那里，你和他的生活能恢复到原状吗？"

"这个……我还没有想那么远。"

"如果你想不到那么远，那今天你所做的也没什么长远意义啊！"B也有点儿着急，热咖啡让她们的额头开始微微冒汗。

"好吧，我明白你的意思了。我尽量吧！"她笑了。

"你想想看，反正你都打算不要他了。马都已经死了，再活过来，就必须是一匹新马。"

B 趁热打铁说："你只有彻彻底底原谅他，既往不咎，才不枉费今天所下的一切功夫和做的所有努力。还要加倍爱他，好好爱他，不然就算新马一匹，你不珍惜也一样有人抢哈！"B 缓和了下来。

她们两个都笑了。

"好了好了，我知道了。我承诺除了彻底原谅他，还要好好爱他，绝不提过往。快说吧！那另一个条件呢？"

"你自己喜欢你现在的样子吗？"

"我太胖了，不喜欢。"

"胖本身并没有问题，问题是你自己不喜欢胖。那么，你都不再喜欢你自己了，你凭什么要求别人还喜欢你？"

她没有回答，B 越说越激动："我很怀念年轻时的那个你，我们一起去玩儿，一起去打球。下了班，咱们偶尔还一起吃吃喝喝，好开心啊！"B 眼睛里泛起泪光，她竟然有一点儿感伤。

"这第二个条件就是，你要找回那个自己喜欢的和我们都喜欢的你。"

这一次，她彻底沉默了。她没有想到对她来说，真正的挑战竟然在这里。能不能保护好自己的家，去对付这一次或未来的入侵，关键在她自己这里。

她又要了一杯咖啡，这次她甚至没有加糖，她想要把这种苦一直从口中慢慢品味，一直体会到心里。

她反反复复思考着，也只有真正的朋友才能说出这样的话。她们都沉默了很久，此刻的她任由泪水从白净的脸上轻轻滑落……

"好了，你现在可以说你的死马当活马医的办法了吧？"她慢慢从思绪中回过神儿来。

"你就……"B这才稍微把身子往前凑了凑，声音放得更低了一点儿，嘴巴更靠近她的耳朵悄悄低语着。

"啊？"她听着听着"扑哧"一声，差点笑喷了。

"你可太坏了！"她破涕为笑了。

B给她出了个什么主意？

三

她并没有像闺密建议的那样马上付诸任何行动，现在她心里最担心的其实是孩子。一个十多岁正处于青春期的少女，什么事情都有可能做得出来。

万一这匹马救不活，真的死了呢？女儿肯定承受不了这样的打击。因此，她必须想好万全之策。为了保护女儿不受到任何伤害，她要求自己必须现在就把日子过得跟从前一样。等女儿几个星期以后去夏令营的时候，再从长计议。

他所预计发生的一切一直都没有发生，紧张的神经便开始慢慢放松下来。两个人很快又回到了亲密和谐的状态，甚至包括两个人已经冷落了一段时间的夫妻生活。她是觉得朋友的死马理论很切中问题的要害，她要好好珍惜这匹马，在完全死掉以前的每一个瞬间，这毕竟是她一生唯一挚爱的男人。

他突然发现两个人的夫妻生活已经好久没有这么棒了。其实相比而言，还是太太更懂得自己的需要。有一种和谐，是长期在一起生活，才能磨合与磨炼出来的。这使得最近他和红颜知己的约会，已无形中在渐渐减少。

把女儿送去夏令营后，他的感觉是又是一个蜜月期，就好像他每次回国探亲一样。不过现在更好，既然太太她似乎已经默许了，他仍然可以继续享受鱼与熊掌二者兼得的美好生活。

这个周末他主动提出一起去下馆子，也好久没有一起出去吃饭了。在他心里，这就等于是去庆祝一下这场风波已经平安度过。

她欣然同意。

傍晚华灯初上，她和他选择了家附近的一家餐馆。出门前，他才注意到她今天背了一款新手袋。手袋的款式既简单又大方，蛮休闲的。他心想：不就出去吃个饭吗？看来太太还真是开始注重外在的一些修饰了。他不知为什么心里喜滋滋的。

菜一道道上来，都是两人平时最喜欢吃的，啤酒也喝了几杯。他的心扉也开始慢慢敞开，他越来越觉得自己这段时间确实陪太太少了。

"来，我敬你一杯，这些日子辛苦你了！"他自己斟满酒，把杯子举了起来。她也端起酒杯，略有些酒意的脸上微微泛红："你的红颜知己已找我谈过了，我看你的眼光还真不错，她竟然和年轻时候的我有几分相似。"

"哗啦"一声，他手里的杯子猛抖了几下，酒洒了一桌子。

他几乎不敢相信自己的耳朵，顿时瞠目结舌，无法言语。他不知道是把杯子放下还是继续举着。他感觉整个餐馆都静了下来，好像每个人都听到了她说的这句话，他都能听见自己的心"怦怦"在跳。

她接着说："这些日子我反复思考过了，咱俩自由恋爱，夫妻一场十几年，算得上有情有义。"他不知道妻子到底要说什么，更不敢随便插嘴。

"你一个人在国外读书辛苦了那么多年，现在学业有成。这说明当年我的眼光还真不错哈！"她竟然还是微笑着，自己拿起杯子抿了一口。

"只可惜你我夫妻缘分已尽。她和你在一起，依我看来也许更般配，特别是事业上，将来她还能助你一臂之力。"

他的脸都发青了，冷汗也冒了出来。"你别说了，我知道错了。"他恐怕她再说出些别的什么话来。

"别啊！今天咱俩吃的就是散伙饭。你让我把心里话说一说吧！也算没白夫妻一场。"她一边说，一边打开自己今天背的新手袋，从里面拿出一个纸口袋递给他。

他接过来，打开一看，里面装着他的一条底裤和一把牙刷。

"这是干什么？"他还真被眼前的一切给弄蒙了。

她没有回答，心里忍不住想起朋友那天给她出主意时说的话："就这两样臭东西给他。"

接着，她又从手袋里掏出两个信封，一大一小。

她自己端起酒杯喝了一大口："这是你今天能带走的东西。"

她指着那个大信封："这里是咱俩全部存款的一半儿，足够你出去租个房子，和她开始新生活。"

听到这里，他的脸是红一阵、白一阵，真不知道该说些什么好，然而她语气平和，态度庄重。他没有办法发脾气或恼火。此刻，他只觉得自己万般尴尬和难堪，恨不得找个地缝钻进去。

他感觉自己确实低估了眼前的这个和他一起生活了十几年的女人。他完全被这一切惊呆了，傻了，一句话也说不出来。

"这些年为你出国读书借的债，也都刚刚还完，咱俩存款不多，你先将就着用吧！不过好在你们两个都还年轻，只要有爱情，就会有未来。"她语气慢了下来，顿了一顿。

他听得头脑越来越混乱：她怎么还帮我考虑这、考虑那呢？

"另外一个信封里是旁边这间酒店的房卡，上面有房间号码。我已经替你交了今晚的房费。"听到这里，他的眼泪"哗"地流了下来。

他知道，太太她平时爱开个玩笑，但眼前可绝对不是在说笑。他甚至觉得自己现在都丧失了说话的基本能力，就更不用说争取挽回的余地了。他此刻的眼泪，真的说不清楚是绝望还是悔恨。

"你先别哭，我话还没说完呢！"她又端起酒杯喝了一大口。

"我左思右想，觉得只能让你带走一条底裤和一把牙刷。这已足够你今天晚上用的了。你的明天和以后需要的一切，应该由她慢慢替你添置了。我给你添置的东西，都带着我的情意，我全部留下，除了为我有个念想，也为你的新生活，能好好从'新'开始。来！咱俩把剩下的，都干了吧！"

她站起来，端起酒杯一饮而尽。这时他早已泣不成声。

"别哭了，让人看见还以为我欺负你呢！"她自己不知不觉又把酒杯倒满了。

"你马上开始新生活了，有什么好难过的。想想咱俩结婚的时候，除了爱情，真是什么都没有。"她一边说，一边"咯咯"地笑起来了。

"我突然想起，我们两个结婚的那天晚上，屋子里闷热得要命，也没个风扇，咱俩甚至连个蚊香也没买，一共仨蚊子，把咱俩咬得真够呛。"

她把眼泪都笑出来了。

四

他此刻的思维，完全处于一种凝固状态，他也不明白自己为什么会哭，可是眼泪就是止不住。

"现在跟你说最正经的事儿，咱们的女儿，我考虑暂时不要告诉她。明年她就要中考了，我怕她受不了这个打击。"她自己端起酒杯，又喝了一大口。

"孩子必须跟我。平时你也没什么时间管孩子，我怕以后你有了新家，就更没有时间管孩子了。"说到这里，她的声音有些哽咽，她心疼孩子多过自己。毕竟这些年，父亲的缺失，对孩子实在太残忍，现在孩子好不容易把爸爸盼回来了。

"我可以暂时跟孩子说，爸爸出差了。等以后有机会，你再自己慢慢告诉她吧！"

"这样的话，我就真的什么都没有了，我怎么跟女儿说啊！"他一听到这里，开始急了。

"做，你都做了，怎么说还不都一样吗？这难道不是你想要的爱情吗？"这时，她的眼睛越来越湿润，那些复杂的感触，积压的情绪，都在往外涌。但她很快就克制住了自己。

"咱俩还是高高兴兴地说再见吧！就此分手，给未来留下一些余温，大家都好有个念想。只有这样，咱们把对孩子造成的伤害才能降到最低。今晚你我各回各家吧！"

"哦！差一点忘了告诉你，以后万一你要来看孩子，一定要提前打电话，进来按门铃或者出去见面哈！"

"怎么？你还要换门锁？"他带着哭腔问。

"那当然！从今天晚上起，我们就分道扬镳了。你要开始新生活，就必须割断旧情缘，不然你还想新的旧的都霸着啊？"她心里难过得跟刀割一般，但说这句话的时候，她还是微笑着。

他此刻却觉得哭笑不得，不过的确如此，以后就是两家两业了。他蒙的是一个思路如此清晰的女人，自己却从未真正地去了解过她。

"要么前进，要么后退，就是不能不进不退。"他的混乱如麻的心绪，正好就卡在那儿了。就在他还想不清楚该如何反应这一切的时候，她已埋了单，走出了餐馆。

五

不知什么时候，外面下起了小雨。细细的雨丝轻抚着她的脸，她独自走在回家的路上，此刻的她，再也抑制不住夺眶而出的眼泪，雨水和泪水混合着，顺着脸颊流了下来。

雨突然大了起来，而且越下越大，可她却越走越慢，她渴望雨水冲洗掉心里所有的委屈，还有爱。她不清楚自己此刻能做些什么，她甚至不敢想象自己回到家会是怎样的落寞。

不过，既然是死马当活马医，那么什么样的可能都存在：马，死就死了，死彻底了，从此没了这匹马；马救活了，一匹新马重生；马虽然救活了，但还是半死不活的样子……

第一天过去了。

这一天最难熬，她心里充满了各种幻想，最后集中在"他会回来？他不会？没有关系，让他有时间思考，让他自己选择"。

这是她答应 B 的，也是自己的选择。时间平静地、慢慢地度过，她什么都没有做，甚至连平时总播放的轻音乐都没有打开播放；她也没有找任何朋友去排遣这种煎熬。她躺着，没有翻开书，没有开电视，没有凭借任何他物去消磨时间。她就想让自己用心去体会这种痛，她发现体会痛的感觉，也是一种幸福。

原来爱带来的痛，从开始的撕碎的锥心的刺痛，慢慢地被泪水里的盐腌制，从浓郁得化不开，到慢慢淡化；若干个小时后，麻木了，疲倦了，她终于昏昏沉沉地睡去。

半夜醒来，思念的痛又涌上来，不过这次和往常的思念不一样，他在国外时的那种思念，有未来，有盼望，那是一丝丝苦涩里夹着一丝丝的清甜……

她忘记自己何时失去了这种用心去感受的能力或心境，这样静静地、慢慢地去感受才能体会到的一切。

三个星期过去了……

她慢慢恢复了感受一切的能力，也从希望、盼望、失望和绝望中重新整合着自己。他一个电话都没往家里打过，甚至手机里也没有收到一条他发来的短信。

这些日子，她睡觉都不关机，连上厕所都攥着手机，恐怕错过了他的电话或短信。不过三个星期过后，她开始相信，这匹马看来是真的是死彻底了。好在最难熬的三个星期是在各种丰富的感受中度过的，她为允许自己完全释放自我去体会痛苦而骄傲。现在，她重新回到了内心的平和里，最让她安慰的是，女儿明天就要回来了。

门铃响了，这么晚了，会是谁呢？

与此同时，手机里也传来了短信的"哔哔"声。她迅速抓起手机，一边翻看短信，一边往门的方向走去。

手机短信是他发来的："我们明天一起去接女儿吧？"

欠我的不必还了

一

发现小云的遗嘱有问题，是星期一下午。

那是遗嘱公布前一天，作为小云的遗嘱执行人，W 律师依照程序先给我过目。我一眼就看出，这是一份完全不同的遗嘱。

无论如何这也不可能是小云本意。小云绝不会把钱留给个人，更不会是她的亲戚。

果然，遗嘱被修改过，修改日期是 2023 年 2 月 17 日，正是我最后一次去看望小云的前两天。

那天小云家里人很多。她一看我进来，就一把拉住我的手，摘下她身上唯一的首饰——一只剔透的玉镯，给我戴上。

小云重复着那句话："文迪，我欠你的，下辈子还吧。"

"什么欠不欠的，净瞎说。"我没让小云说下去。

"那就留个念想吧。"

我握住小云的手，知道她的癌细胞已扩散到脑膜。她在跟所有人道别，交代后事。

我反复回忆那天的情景，为什么小云没跟我提修改遗嘱的事儿？

我去了律师楼，直接跟 W 律师道出我的疑问。

"2 月 17 日，小云坐轮椅到律师楼，要求修改遗嘱，一切符合程序。"W 律师说。

"小云不可能自己来！"

"当然，有护工，还有 K，她的两位亲戚陪着她。"

"看这份遗嘱，他们都是受益人！你确定她当时没有失智？"

"我是律师，不是医生。"

"我至少需要 6～12 月的脑扫描检验报告，汇总后，还需要其他两位专家鉴定，最后才能给你一个大致的时间段。"L 医生说。

修改遗嘱，程序上完全合法。W 律师都是按照程序操作。我若找不到证据推翻它，且家属及受益人没有异议，我就必须监督律师遵照执行。小云的全部财产，就会进入 K 和几个不相干的亲戚的腰包。证明小云当时已经失智，可能是唯一的机会。

二

小云穿着那件小格子衬衫，袖口挽得高高的，她圆圆的脸红扑扑的，笑盈盈地向我走来，我迎上去，拥抱她。

"我就知道你会好起来。"

"文迪,我要走了。我欠你的,下辈子再还!"

一个梦醒来,我算算,小云去世正好 49 天。

这些日子我一直睡不好,索性起来整理小云去世前的账单。有一笔款项,以银行自动划账的方式转入了 K 的私人账户。

我要去银行查证。

末七,小云要投胎了吗?她还有事不放心?

* * *

很多年前,我和小云,在 M 国际学校的食堂遇见。她穿着那件小格子衬衫,热情地跟我打招呼。

我知道她是小学新来的华文老师。

"我很少来食堂吃饭,根本抢不到。"我说,"今天赶上我的课被占用。"

我拿起一片刚炸的正滋滋冒泡的墨西哥玉米片,送进嘴里,"咔嚓咔嚓"香酥焦脆。我把盘子往我和小云中间推了推。

"我不吃,太干了。"

"我也想喝汤,就是忙得没空上厕所!我平时就啃根胡萝卜。"

我俩都咯咯地笑了。

那次邂逅,我常收到小云带来的饭菜。今天苦瓜炒蛋,明天茄子焖海米。大家都是单身,总吃人家的,不好意思。周末约她出去,又怕是非多。小云还没报到,我就听到了八卦,说她有位老 Sugar Daddy。

周五下班，我和小云在市中心的露天酒吧喝冰啤酒。我倒满啤酒做做摆设。小云喜欢喝冰凉泡沫。她喝一口冒出来的泡沫，我就摇摇酒瓶，再给她添一点儿，她喝得嘴唇、鼻尖都沾满泡沫。

S 市是一个繁华的城市。华灯初上的傍晚最迷人。S 河整条穿过市中心，两岸风铃木花盛开时，树下与河面上总是一片落英。

小云不胜酒力，常是喝几口冰啤泡沫，她圆圆的脸蛋便红彤彤的，像娇嫩欲滴的粉红色风铃木花。河畔灯火映衬她微醺的眼神，更加迷离。

三

小云离婚时，闹财产纠纷，诉诸法庭。我陪着小云度过了一段喝冰泡沫、默默无语的日子。

风铃木花落了，又开了。我坐在河边等小云。

小云依旧穿着那件小格子衬衫，姗姗来迟。

她一脸疲惫，像风雨肆虐后的风铃木花，失去了亮丽的色彩，小格子衬衫也褪色了。

"你是怎么熬过情感困境的？"小云喝下一大口冰啤酒后问道。

"做义工，读书。"这次我没有摇酒瓶，而是直接给她倒满。

小云选择了做义工。

半年后，小云要自己成立一个慈善机构。

"成立慈善机构？你要面对政府，还有公众的各类审视。这与你做义工，完全是两码事。"

"你知道 K 吧？"

"不熟。"

"K 请人给我算过，只有在我自己成立的慈善机构里，才能遇见我后半生的姻缘。"

"这太不靠谱了，不能相信！"

"你怎么就看不得我好呢？"

……

事实上，关于小云的流言蜚语，许多都是从 K 口里传出去的。

小云再约我去她家是在一年后。她已四壁空空，客厅里什么都没有了。

我站在门口，听小云说话。

A 慈善机构成立的风光过去后马上陷入运营困难。好不容易筹到的钱，又常被受惠团体贪污。各种舆论批评接踵而至，小云禁不住，只能变卖私产填补。

我心里很不是滋味，只能强颜调侃她。

"到你家都坐在地上吗？我实在站累了。"

"趴着也行。"说着她把我推倒，我俩趴在地上，咯咯地笑着。

那是我最后一次听小云朗朗的笑声。

小云查出肺癌晚期。她立下遗嘱，把全部财产捐献给 A 慈善机构。由 K 负责协助运营。

小云让我帮她料理后事，做她的遗嘱执行人。

我答应了。

四

这份遗嘱疑点很多，但我没有证据。

小云业余读心理学，说对谈恋爱有帮助。有些男生一直占她便宜。看她开车，就要求她接送，约会也不埋单。小云很不开心，可又怕被人说小气。

"你就直接拒绝呗。"我听了跟着生气。

"不知如何拒绝，尤其家人……"小云欲言又止。

"家人？常逼婚？还是常要钱？"

"Both。"

我朋友 D，约小云去他家里吃过好几次饭。D 问我小云是不是不喜欢他。我问小云，小云说喜欢。

"那你会不知道 D 在追求你？"

"我真不知道。"

"现在知道了，约他吧！"

"那怎么好意思？"

我看着脸红的小云，无法判断她的真实想法。

小云说不出细节，与绕过实情一样，我得猜。没答案的，我也就懒得问了。偶尔听她诉苦，也需要极大的耐心。

只有一次例外。

她买的海景房让父母住着。贷款未还完，父母就背着她卖了。

"你说，他们卖房时，连跟我商量都没有。当我是什么？"

"你写了父母的名字？"

"为给他们养老的。"

"卖了，钱呢？"

"卖房的钱，都没焐热，就被亲戚骗走了。"

"啊？"

"那是我全部的积蓄啊！我妈还跟我要钱。"

我语塞得想哭。

小云哭了。我搂住她，让她靠在我肩上。

我们静静坐在河边，又是风铃木花季。一阵微风，粉红的花瓣零零落落，飘散在河面上，随波逐流。

五

小云到底欠我什么呢？

这份遗嘱，会不会是她认真思考后要改的？她对人的信任似乎没什么依据。

小云告诉我，心理学班上的一个男生追她。我替她高兴找到了白马王子。

"做什么的？"

"他是 S 航飞行员。"

我给小云的杯子添满啤酒，看着她喝了一口泡沫。我又摇摇酒瓶给她添满，小云没有再喝。我等泡沫落下去又添满，直到杯子边沿的啤酒鼓起一个圆弧。我屏住呼吸，等她说下一句。

我只想知道飞行员对小云好不好。可一个晚上她就只告诉我，他们约会一年多，常一起做作业，偶尔看电影。

我猜这人真是没朋友，小云是个不错的倾诉对象，顺便抄个作业。什么都有可能，但肯定不是在追她。

看小云欢喜的样子，我还是咽下了要说的话，怕打破了她的爱情幻想。小云要是单方面喜欢这位飞行员，我就更不能说。

小云读完心理学，我也稀里糊涂订了婚。

小云没再提起这位飞行员，后来才知道他并不是"钻石王老五"。当时，他不仅有家室，还暗恋一位日本女人。他让小云陪他到日本，暗中跟踪人家，差点被对方报警性骚扰。小云替飞行员垫的机票钱，但他一直欠着没还。

几段似是而非的恋情后，小云没跟我再提起过任何男生。

有一天小云突然发我一个电子邀请函，我一看，是婚礼请柬。

"你要结婚了！不是飞行员吧？"

"不是。"

"你这是天上掉下来一个宝玉哥哥吗？"我一看日期，婚礼就在几周之后。我再看地点，下午茶点，在某海景俱乐部。

"快跟我说说，这么大的事，你滴水不漏啊！"

"你没问我，我就没说，也不知该怎么说。"

小云脸红了。她像是在交代问题，又怕自己交代不清楚。

六

"朋友介绍的，C国人，在S国立大学读博。"

小云像数着手里攥着的珠子，一颗一颗往外码。

"这都不重要，关键他对你好不好？"

"他很随和，幽默、大方……"

我急得不行："这和爱不爱你没关系。"

"他拿到学位，就要回C国了，然后……"

"然后怎么样？"

我重复了一句没用的话："你等一等，我去倒一杯水。"

我需要离开一下，这次我有种冲动，想要阻止小云，我得冷静一下。我觉得婚姻是一道门，女性被这道门隔成世界的两极。无论经济如何独立，生活怎样自由，女性一旦迈进门槛，要么上天，要么入地。我是既怕上天，又怕入地，才被认为得了婚姻拖延症。

小云这是得了什么症，我思路彻底断了。

"他说嫁给他，他愿意留下陪我。"小云脸红得像犯了错。

"你们是不是已经注册了？"

"嗯，就想请你们几位好友，喝个下午茶热闹一下。"

我紧紧拥抱了小云："祝福你！"

小云跟我宣布的喜讯，省略了她丈夫在C国有两套公寓的事，小云答应帮他一起还贷款。她卖了公寓，换成政府屋，差价十多万S元，都借给了丈夫。虽然小云离婚时庭上胜诉，但债务一直未偿清。

我再仔细研究这份遗嘱，没有留给她父母，也没留给 A 慈善机构。小云将财产一半留给了 K，另一半由几个不相干的亲戚平分。这确实不是她本意，可又像她的风格。

小云一直说欠我的，但她到底欠我什么呢？她也许就欠让我知道实情？

我还是要追查到底。因为我得到了银行的协助。

3 月 14 日，K 带小云去银行，设立了银行定期自动转账。小云是 2023 年 5 月 13 日去世的，医生追溯小云的脑扫描图，早在 2022 年 10 月便已出现异常。2023 年 1 月，小云已有间歇性失忆。3 月初，小云已明显失智。

因此，银行自动转款设置不合法。

七

我拿着证据，去找律师。

这些有力证据充分证明修改过的遗嘱不合法。按 S 国慈善机构监管法，有贪污记录的慈善机构必须关停并转，剥夺筹款权力。小云原本留给 A 慈善机构的全部财产，政府将全部没收。

我可以马上起诉 K，作为机构负责人，监守自盗与失信。罪名一旦成立，K 必须偿还所有盗取的款项，还要面临坐牢、罚款等多项法律制裁。

8 月 27 日，我再次召集 K 和其他受益人，在 W 律师楼开了会。会前，我事先交代 W 律师做录音准备。

若干次会议后，遗嘱执行顺利。

2023 年 11 月 28 日，在 W 律师楼签署完最后一个文件，我完成了小云交给我的嘱托。

小云的公积金受益人是我，大约有二十三万 S 元。我将这笔钱全部捐献给了 S 政府参与的 Y 国际儿童慈善基金会。

我获得该组织 2023 年度国际公益金奖，且获 S 国总统颁发的公益事业无私奉献奖。

2024 年元宵节，在 W 律师楼，我签收了一份三十七万 S 元的无偿赠予，捐赠人是 K。

2024 年清明节，我把我和小云的合影剪成花瓣形状，与河边凋谢的风铃木花，一起扬在微波荡漾的 S 河面上。

我欠小云的，还完了。小云欠我的，不必还了！

推荐语

《早晨六点一刻》有场景描写，人物心理活动的变化，故事线也比较清晰。是经过构思的，所以写起来不凌乱，也比较从容。注重了细笔，那都不是浪费笔墨的。抓住一个细节展开的描摹也可以让读者找得到。

——新加坡小说家　苏　迪

孙宽把文学视为与绘画一样的自我疗愈的艺术。

——新加坡作家、文学评论家　张森林

这本小说集体现了孙宽关于爱、欲、情之间，同源异构、异源同构，以及一对多、多对一的多样性和交错性表达。某种程度上三者在深刻的本质上和浮现的表面上，又可以是技术上的同义反复。或者说在文本和互文层面上，它们三者都是技术，我们可以用它们把一个现象变成另外一个现象。

同时，可以看到在这本集子的多样性和交错性表达上面，与其说展现了孙宽几年来对写作、生活与疗愈的思考和解读，还不如说在于她的写作方式伴随她的解读的性质在变化，疗愈是一种表达，但写作却可能是从简单的一元二次方程到复杂的球坐标下的偏微分方程组的组织形式。或许小说写作中最困难的任务是接近最极端的本质，又要作者自身防范投射和认同的陷阱，还要在接近的当儿，尽力保持最大可能的陌生。如果把小说的套路，类比于人工智能的算法，那么这就是算法的高级改进和升华形式。

——中国诗人、翻译家、编辑 陈子弘

阅读孙宽的小说需要平和的心境，对于要靠跌宕起伏的故事情节来获取阅读快感的读者来说，这可能是一种全新的体验和挑战。小说每句话都带有自己的表情和情绪，这是比较厉害的语境操控能力。

孙宽注重刻画生活中不为人知的小细节，而让人有身临其境之感，这在她的每篇小说中都有体现。比如《新加坡蜥蜴》和《秦时月》开场部分，普通的对谈，因为一种陌生化的描述，而有了鲜明的镜头感。孙宽的小说并没有脉络分明的情节，有时甚至模糊到需要反复阅读，产生这是现实还是非现实的疑惑。这个特征在《早晨六点一刻》中表现得尤为明显，那个戴着灰黑色小钢盔的男人，到底是在六点一刻准时出现的人物，还是在特别的时代大背景下因为人与人疏离的关系，而诞生出的一种幻觉？我还比较喜欢她小说中透露出来的人与人的边际感和边缘情感。《戒指》中，"我"与闺密相处那种微妙的感觉，体现出一种复杂的人际交往。小说中也表现出了独有的幽默，《戒指》中那个也许只是黄色玻璃的钻石戒指，《秦时月》中那个半个小时讲了52个新发明的老铁，都让读者读之一顿，随后会心一笑。小说温情脉脉的述说背后，其实对现实有一种很残酷的揭露。

孙宽很多的时候是在剖析自己的内心，或者某个时刻的特别体验，如果没有相似生活经验的读者，会认为她的讲述带有其个人特质，有一种特别跳跃甚至神经质的感觉。这可能会是一种缺点，也可能是一种对生活敏感的天赋。我还无从判断，也不会去判断。我一直认为文学的最终目的是通过文字让人思考，共频，从而对生活有更多的领悟。所以，我觉得，未来再读她的小说集，或许会遇到另一个孙宽。

——中国作家 许 玲

有一段时间，我害怕孙宽的微信，看到她的微信，我都要吸一口气，硬着头皮点开，迎接她向我砸来的第 N 版修改稿。

作为非专业编辑，我欠缺太多专业技能，面对孙宽的作品，我常有左支右绌之窘迫，因为她总在热情地期待我给出修改意见，而我，只好抓耳挠腮，再看一遍，再看一遍，勉强提出我的非专业意见。

是的，我常常用读者的姿态去看待孙宽的作品，也因此常在她的文字里迷路，我至今记得反复读《新加坡蜥蜴》，那种穿梭在热带植物园的闷热感。我沉迷在这样繁复的文字里，似乎迷醉在一双蜥蜴的眼眸，然后艰难地爬出来，试图给出一些建议。之所以这样艰难，是因为我知道她会当回事，而这也让我压力倍增，谨慎对待。天知道，对于一个业余写作者的我，这是怎样的打磨！

一篇又一篇，孙宽在打磨她的作品，也在打磨我，而我也一直无条件接纳这样的打磨。我实在太感佩她在写作上的虔诚，那一道圣洁的光，甚至照到了我的头上。

——中国小说家、编辑　张　荣

扎实，细密，平和而有条不紊，仿佛是吹至耳边的暖风，娓娓生动。在《新加坡蜥蜴》一书中，孙宽将自我和自我的感受放置于故事，她言说，她说出，她唤醒，她在故事里放置了光。她写下的这些故事淡中有味，耐人品啜，你甚至会从她写下的"他者"故事中读出百感交集。

——中国作家、学者、评论家　李　浩

对于一个有过许多国家生活经历的人来说，写作是她最好的人生素描。孙宽的作品细腻、清新并充满张力，有她特有的生活经历和想象，徐徐道来又不失聪慧狡黠，往往在不经意之中，引人入胜……

——美国科学家、作家、学者　少　君

孙宽的文字想象瑰丽，她善于发散思维，从跳跃的文字中给读者制造不一样的感觉。同时，作品的意识流气息也丰富了文本的意蕴和内涵，另类的表达和一些先锋性的意识让作品呈现出了更宽阔的一面。

——中国作家、编辑　周如钢

畅快——跟踪孙宽的小说笔调就是酣畅淋漓。除了情节紧凑，文字犀利，现时现世感逼真如眼前之外，她的小说还有刺点。她的小说像是特殊光源，不断刺激着你的阅读，逼你睁开两只隐形的、美学的眼睛。

——新加坡作家、学者、评论家　陈志锐

孙宽的小说沉郁，丰茂，芜杂，直指当下新移民女性种种幽暗的、不可言说的隐秘和哀恸。在很多不十分确定的日常叙事中，她又确定地传递了生活的信仰与希望。这一点，在当下女性写作中尤为难能和难得。我推荐大家都读一读她的小说，这对于拓宽我们的视野，对于我们重新认识新女性写作，大有好处。

——中国作家、编辑　陈　鹏

问世间情为何物，是文学的永恒主题之一。孙宽笔下的情，纯粹、简洁而热烈。以身体来感知世界与他人，绕过了现代理性对人的支配，从而彰显了情感的真实性与确定性。如何确定什么是爱？相信自己的身体就好。蜥蜴的隐喻，超越了人对爱情的理性思考。

——旅日华人作家、学者、编辑　贾　葭